생태 화가 이태수의 세밀화 앨범

글 | 그림 이태수

숲 속 그늘 자리

그누드리

생태 화가 이태수의 세밀화 앨범 │ 숲 속 그늘 자리

2008년 5월 25일 처음 펴냄
2009년 6월 30일 두번째 펴냄
2011년 1월 1일 개정판 1쇄 펴냄

글 · 그림 이태수
펴낸곳 도서출판 고인돌
펴낸이 정낙묵
등록 제406-2008-000009호
주소 경기도 파주시 교하읍 문발리 파주출판단지 514-5
전화 031 · 955 · 8196
전송 031 · 955 · 8197
손전화 010 · 2261 · 2654
분해 · 제판 (주)로얄프로세스
인쇄 (주)갑우문화사
제본 두영바인텍
이메일 goindol08@hanmail.net
디자인 이안디자인

ISBN 978-89-961115-1-1 03810
이 도서의 국립중앙도서관 출판시도서목록(CIP)은 e-CIP 홈페이지(http://www.nl.go.kr/ecip)에서 이용하실 수 있습니다. (CIP제어번호: CIP2008001450)

이태수 생태세밀화가

홍익대학교 서양화과를 졸업한 뒤 지금까지 아이들을 자연으로 이끄는 생태세밀화를 이십 년 가까이 그리고 있습니다. 첫아이 나이에 따라 아기 그림책을 만들고, 계절 그림책을 만들고, 초등학생들이 볼 수 있는 도감을 만들었습니다. 그동안 낸 책으로는 《보리 아기 그림책》,《세밀화로 그린 보리 어린이 식물도감》,《세밀화로 그린 보리 어린이 동물도감》,《할아버지 요강》,《우리 순이 어디 가니》,《심심해서 그랬어》,《바빠요 바빠》,《우리끼리 가자》,《우리 반 여름이》,《잃어버린 구슬》,《개구리가 알을 낳았어》,《잘 가 토끼야》,《개미가 날아 올랐어》,《옹달샘 이야기》,《나비 때문에》,《가로수 밑에 꽃다지가 피었어요》,《늦어도 괜찮아 막내 황조롱이야》,《심심한 오소리》 들이 있습니다. 지금은 고향 백학 마을에서 텃밭을 일구며 책을 기획하고 그림을 그리고 있습니다.

생태 화가 이태수의 세밀화 앨범

글 | 그림 이태수

숲 속 그늘 자리

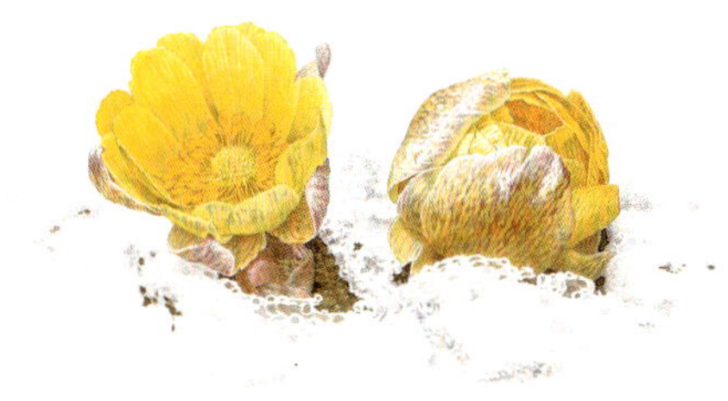

이태수의
그림을 보는 것은
숲길을 아주 천천히 걷는 일과
같습니다

……얼레지, 고깔제비꽃,
붉은머리오목눈이, 고사리, 솜나물, 앵초,
족도리풀, 호랑나비, 은방울꽃, 밀잠자리,
촉새, 쇠딱따구리, 봉숭아, 주름잎, 찔레나무,
꽃다지, 조릿대, 비오리, 쑥새, 큰기러기, 왜가리, 노루귀……

이 이름들을 조그맣게 소리 내어
읽기만 해도
아주 좋은 음악을 듣는 듯
마음이 환해집니다.
그림쟁이 이태수는 이런 이름들을 품고 사는
사람입니다.
그이가 그린 그림들이 숨을 쉬는 까닭이
여기 있습니다.

차를 타고 가거나
빨리 걸으면 보이지 않던 것들이
천천히 걸으면 다 눈에 들어옵니다.

이태수의 그림을 보는 것은
이렇게 천천히,
아주
천
천
히
걷는 일과 같습니다.

※이천팔년 오월,
노래 만드는 사람 백창우

쓰고 그린이가 하는 말

자연을 그림에 담는 일을 하는 저는 이곳저곳 다니기를 좋아하고, 어느 때는 일부러 그릴 거리를 찾아 나서기도 합니다. 그럴 때마다 수많은 생명을 만납니다. 그래서 일 년 삼백육십오 일을 하루에 한 짐씩이라도 그림을 그리고 짧은 글을 써 보자고 마음먹었습니다. 그때 마침, 월간 《좋은생각》에서 그림과 글을 연재하자는 제안을 했습니다. 이 책은 《좋은생각》에 오 년 가까이 다달이 실었던 그림과 글을 모으고 다듬어서 만들었습니다.

이 책에 실린 생명들은 아주 귀한 것 보다는 살아가면서 흔히 볼 수 있는 것들이 많고, 몇몇 생명은 조금만 힘을 들이면 만날 수 있는 것들입니다. 자연에 조금만 관심을 가지고 들길을 걷거나, 산에 오르내리고, 바닷가를 걸으면 볼 수 있는 것들입니다.

가족이나 친구들과 산과 들로, 강으로 바닷가로 여행을 가더라도 자연에 관심을 가지고 가까이 들여다보았으면 합니다. 그리고 그 곳에서 만난 생명의 이름을 알아 보고, 그림을 그릴 수 없다면 사진으로라도 담고 느낌 한 줄 쓰는 일을 함께 하기를 기대합니다.

2008년 5월 이태수

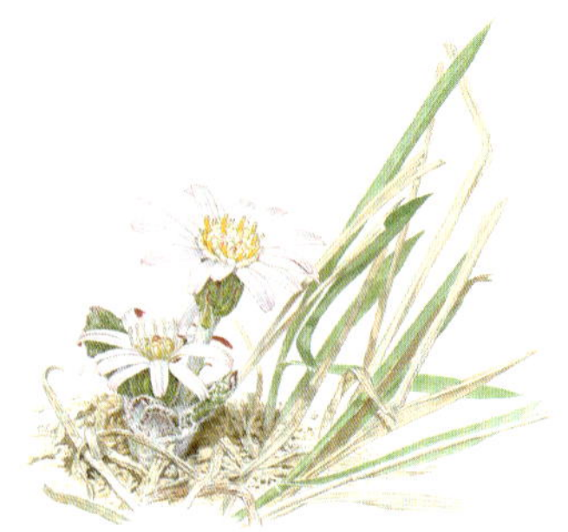
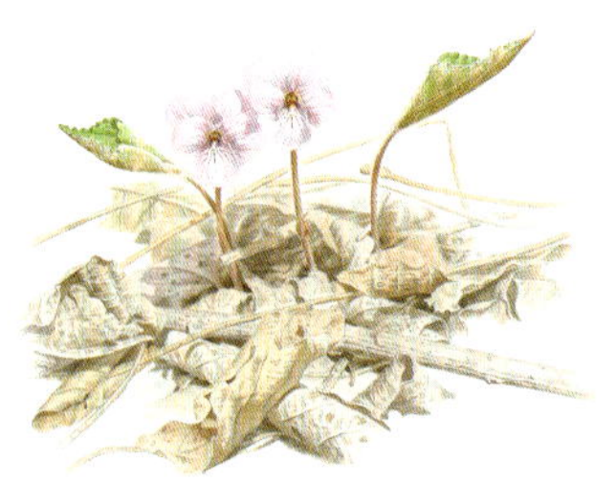
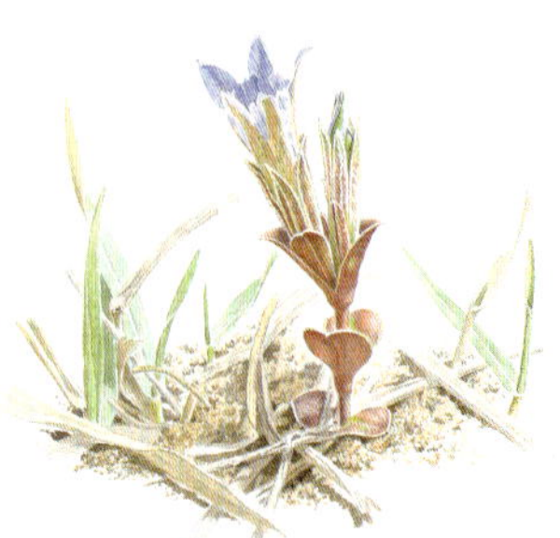

가랑잎 사이로 움트는 봄

얼레지

어느 시인은
꽃 모양이 간호사 모자를 닮았다고
간호사꽃이라고 한다는 얼레지.

높고 깊은 산
눈 녹기를 기다려
이른 봄
꽃을 피웁니다.

이파리는 나물로 먹고
비늘줄기는 약으로 쓴다지만
수줍게 고개 숙인
빛깔 고운 얼레지 꽃은
보는 것만으로도 마음 설렙니다.

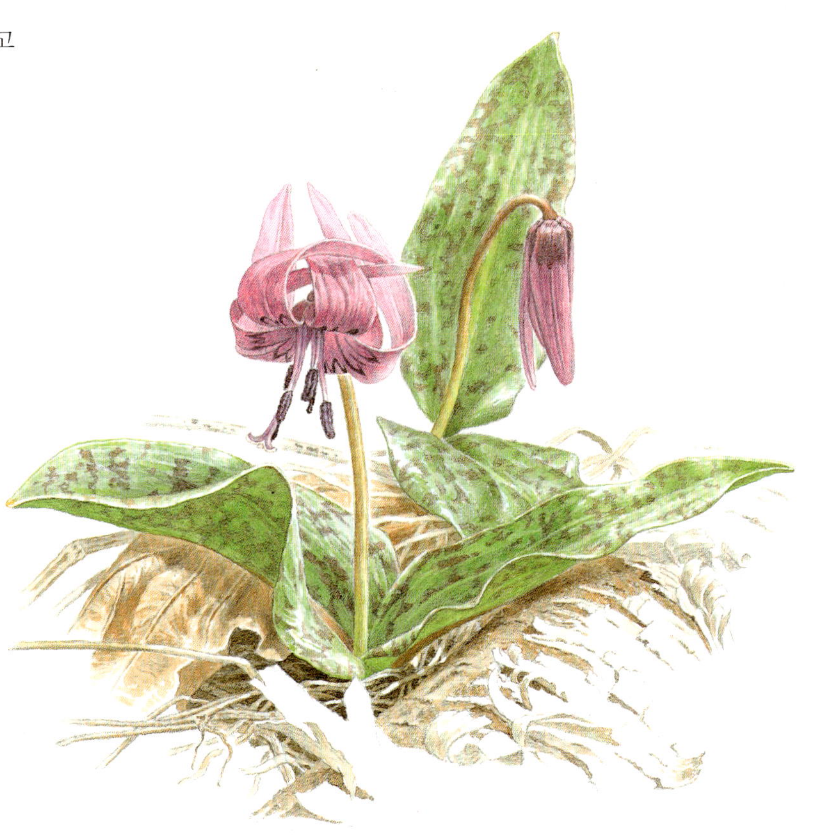

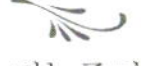

비늘줄기는 줄기가 짧아져 땅속에 들어간 땅속줄기입니다. 양분을 저장한 두꺼운 잎이 여러 겹 겹쳐서 둥근 모양이
되었습니다. 이런 것으로는 양파나 나리들이 있습니다.

고
깔
제
비
꽃

새로 돋아나는 이파리가
고깔을 닮아 붙여진 이름, 고깔제비꽃.

씀바귀를 고채苦菜라 부르고
민들레를 포공영蒲公英이라고 하면
참 알아듣기 힘이 듭니다.

글자를 모르는
우리 할아버지할머니가 붙인 이름을 들으면
절로 고개가 끄덕여집니다.
우리말로 된 들풀 이름, 마을 이름은
자연과 나누는 정겨운 삶이 묻어 있습니다.

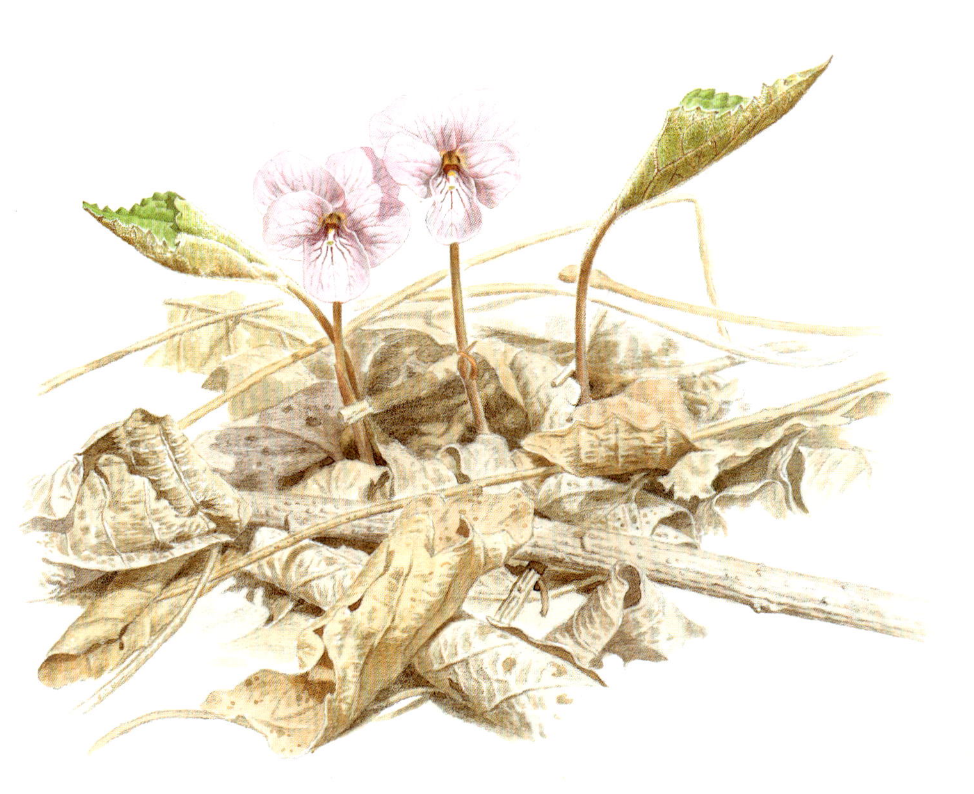

붉은머리오목눈이

흔히 뱁새라고 부르는 붉은머리오목눈이.

작디작은 몸으로 제 몸보다 몇 배나 큰

뻐꾸기 새끼를 키웁니다.

뻐꾸기 새끼가 제 새끼가 아닌 것을

아는지 모르는지 알 수 없지만

제가 낳은 알을 밀쳐 낸 뻐꾸기 새끼를 기르는 것은

어쩌면 어수룩해 보이고

어쩌면 제 몫을 다하는 모습으로도 보입니다.

자연이 지닌 너그러움을 그려 봅니다.

뻐꾸기는 둥지를 틀지 않고 붉은머리오목눈이 둥지에 몰래 알을 낳습니다. 알에서 깨어난 뻐꾸기 새끼는 붉은머리오목눈이가
낳은 알을 밀쳐 내고, 붉은머리오목눈이가 물어다주는 먹이를 먹고 자랍니다. 뻐꾸기는 붉은머리오목눈이 보다 훨씬 큰 새여서,
새끼라 할지라도 붉은머리오목눈이 어미보다 몇 배나 큽니다.

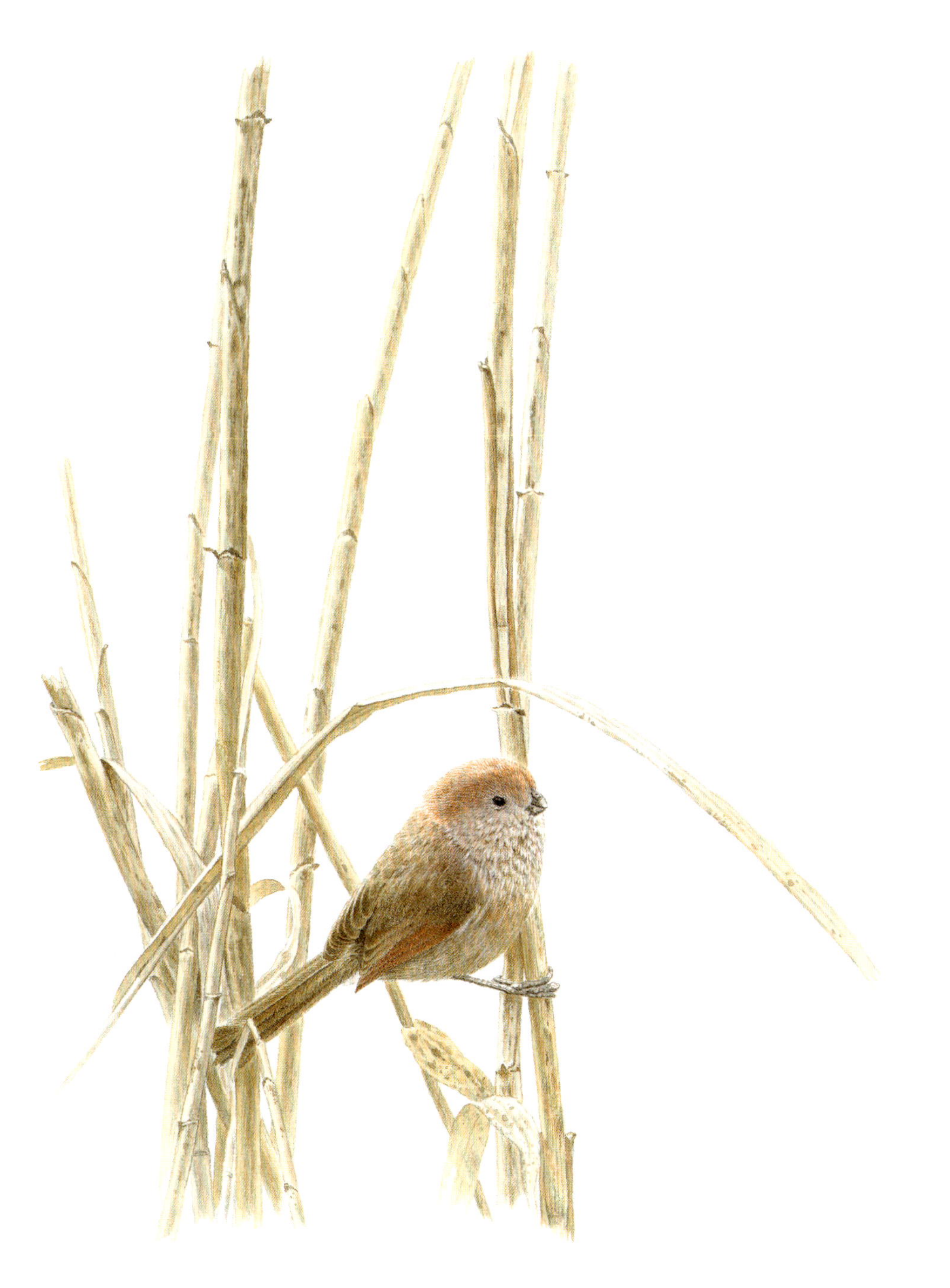

고
사
리

산골짝 외딴 마을
볕 잘 드는 뒷동산 산비탈에서
작고 여린 어린 아이 손처럼
수줍게 고개 숙이고 돋아나는 고사리.

이파리 피기에 앞서
꺾어 삶고 말려 두었다가
제상, 차례상, 우리 밥상에 오르는
산나물 가운데 산나물입니다.

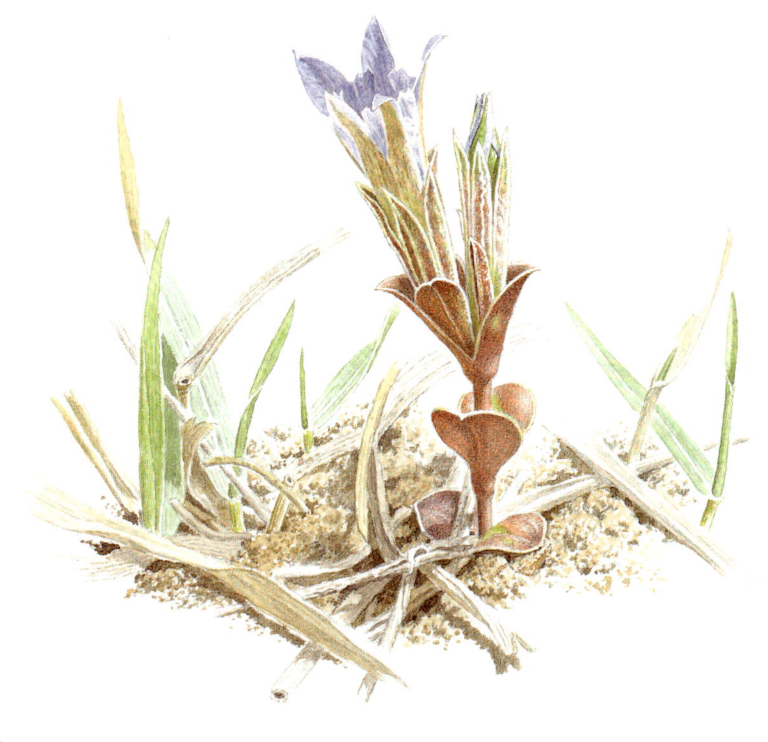

큰
구
슬
붕
이

햇살 따스한 봄날
볕바른 풀밭을 걷다 보면
가끔 만날 수 있는 큰구슬붕이.

키가 새끼손가락만 하고
홀로 피기를 좋아합니다.

허리 숙여 애정을 주지 않으면
눈에 잘 보이질 않아
밟고 지나칠 수 있는 꽃입니다.

비석치기 · 사방치기

발부리에 툭툭 차이던 돌멩이.

이젠 발밑에 묻혔습니다.

학교에서도 비석치기 놀이를
반듯하게 자른 나무토막으로 합니다.

쓱쓱, 땅 위에 나뭇가지로 줄 긋고
비석치기, 사방치기를 하며
손을 호호 불던 때가 그립습니다.

아이가 학교에서 비석치기 놀이를 한다고 해서 돌멩이를 함께 주우러 나간 적이 있습니다. 다음날, 수업을 마치고 온 아이는 화가 나 있었습니다. "아빠, 이런 돌멩이 아니래!" 비석치기를 하는데 운동장에 나가지도 않고 교실 바닥에서 반듯하게 잘라 파는 나무토막을 세워 놓고 했답니다. 노는 것도 많이 달라졌습니다.

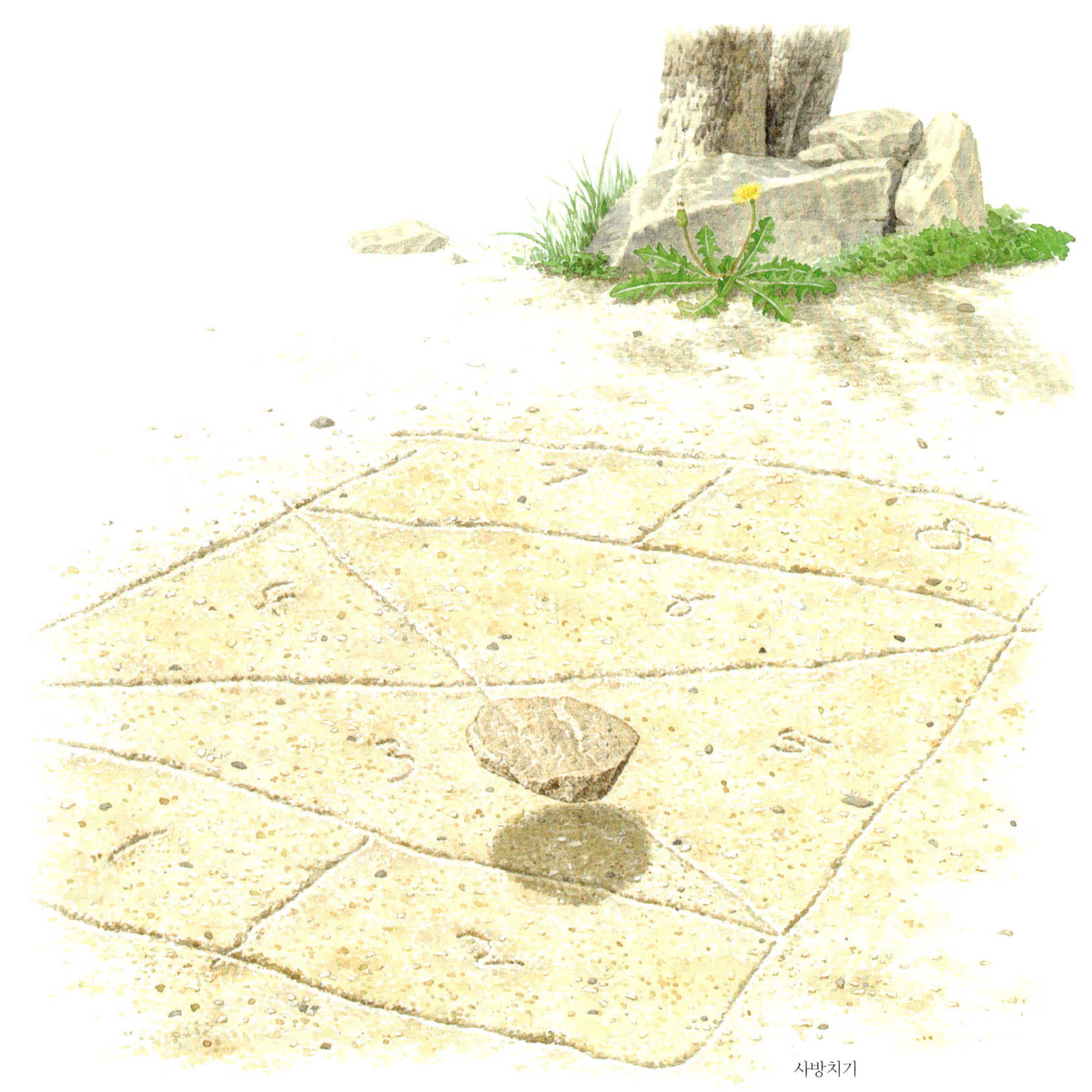

사방치기

솜
나
물

봄, 한식날

아이들 할머니 산소에 가면

봄 햇살 아래

솜털 보송보송한 채 꽃이 피어 있는 솜나물.

일 년에 한 번 꽃 피는 풀과 달리

봄가을 다른 모양으로 두 번 꽃이 핍니다.

어린싹은 나물로도 먹고

솜이 귀한 시절에는 이파리를 말려

부싯깃 솜으로 썼다고 해서

부싯깃나물이라 했다고 합니다.

솜나물은 봄에 키가 작게 가을에는 키가 크게 일 년에 꽃이 두 번 핍니다. 성냥이 귀한 시절, 부싯돌끼리 부딪히거나
부시로 부싯돌을 쳐서 불똥을 튀겨 불을 붙였습니다. 이때 불이 붙게 하는 것을 부싯깃이라고 하는데, 솜나물 잎이나 쑥 잎
따위를 말려서 썼습니다.

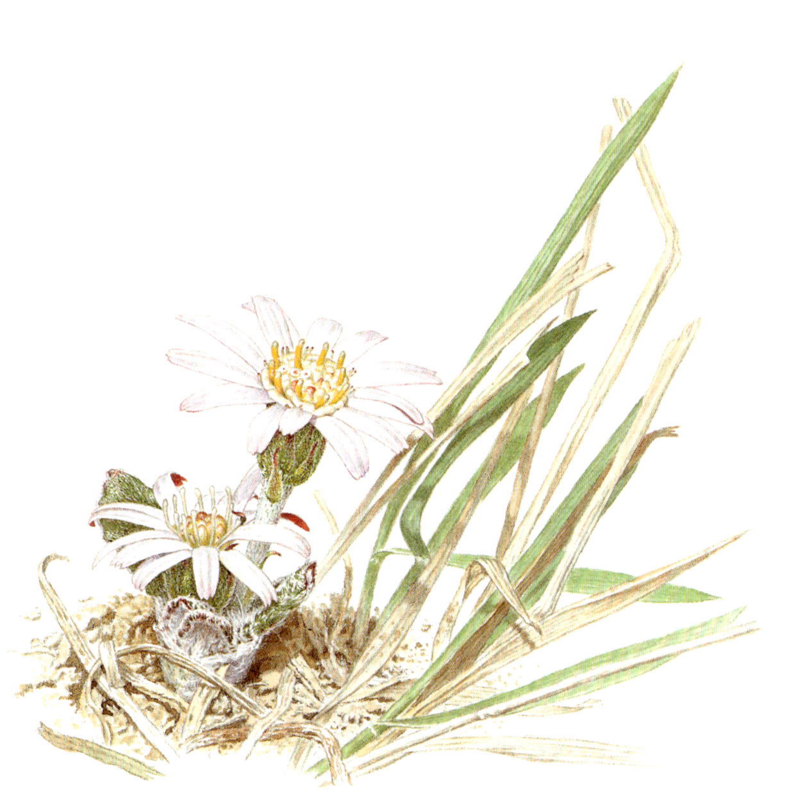

앵
초

꽃 모양이 풍차를 닮아서

풍륜초風輪草 라고도 한다는 앵초.

숲 속 물가나

물기가 촉촉한 땅에서 잘 자랍니다.

봄꽃 가운데

꽃 빛깔이 눈에 띄게 아름다워

봄철을 대표하는 꽃으로 꼽힙니다.

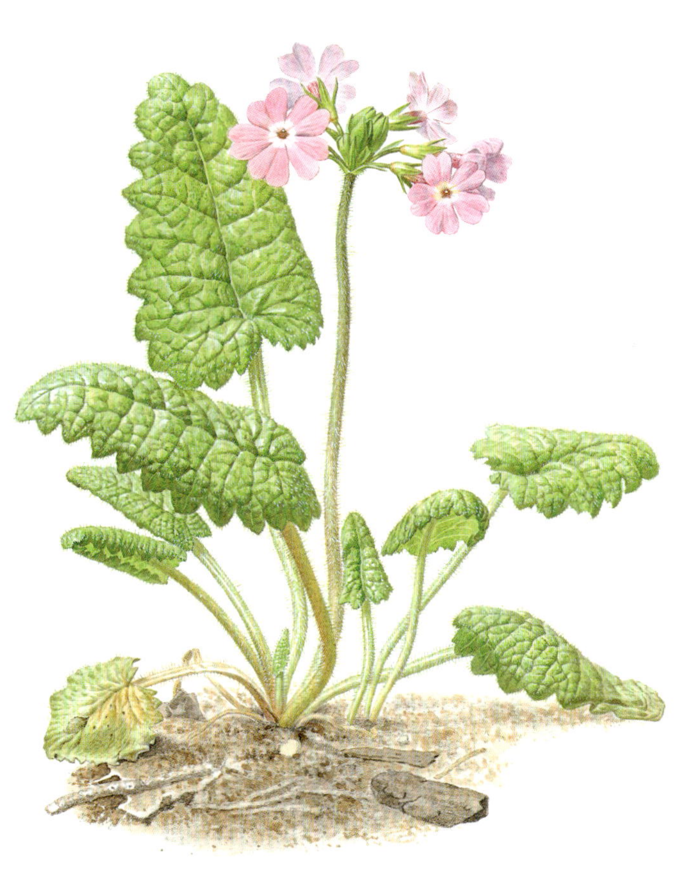

족
도
리
풀

숲 속 그늘 자리
둥글넓적한 잎사귀 두 장 밑에
족도리 닮은 꽃이 피는 족도리풀.

꽃이 엄지손톱만 하고
땅에 붙어 있어서
찬찬히 바닥을 들여다보지 않으면
잘 보이지 않습니다.

기는 듯 낮게 날며
족도리풀 이파리 뒷면에 알을 낳는
애호랑나비와 같이,
때로는 눈을 낮추는 일이
작은 생명과 가까워지는 마음입니다.

곤충은 아무 곳에나 알을 낳지 않고, 알에서 깨어난 애벌레가 좋아하는 식물이나 먹잇감이 있는 식물에 알을 낳습니다.
무당벌레는 장미나무나 지칭개와 같이 진딧물이 많이 꼬이는 식물에 알을 낳고, 무당벌레 애벌레는 진딧물을 먹고 자랍니다.
호랑나비는 탱자나무와 같은 운향과 식물에 알을 낳으며, 애호랑나비는 족도리풀 이파리 뒷면에 알을 낳습니다.

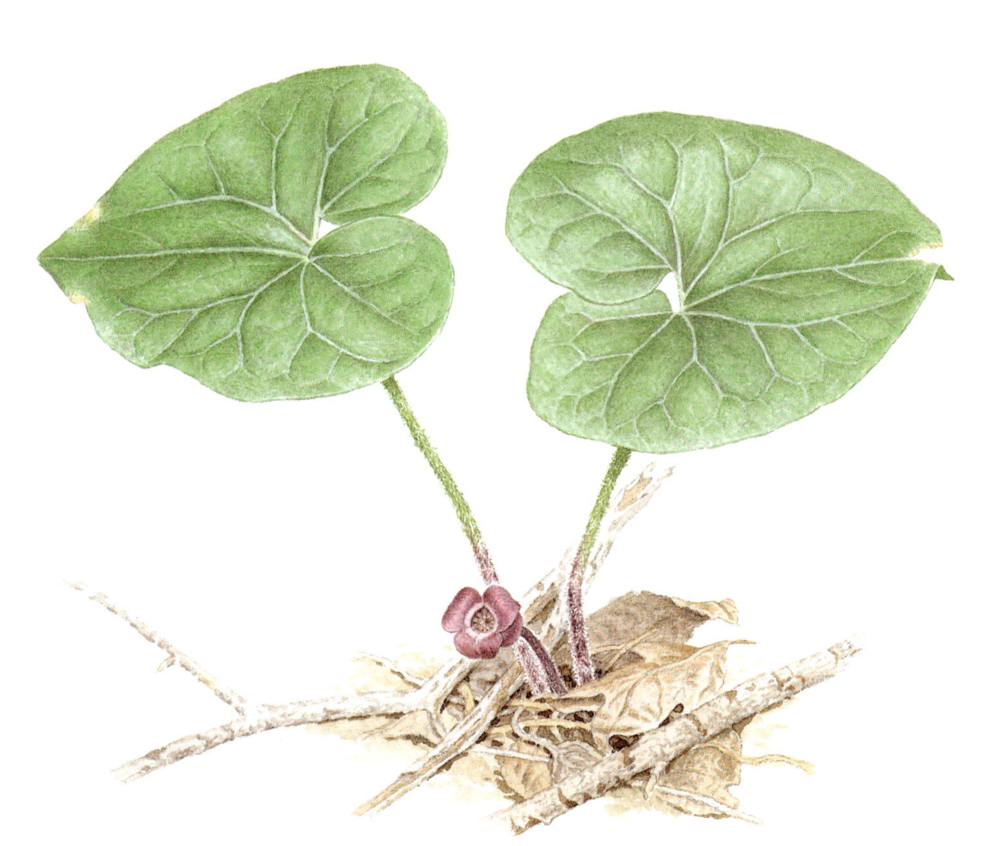

돌
멩
이

길에서

강가에서

툭툭 차이는 돌멩이

어느 뫼를 구르고

어느 물에 씻겼을까?

부딪혀 깨지고

모난 곳 닳고 닳아

상처투성이 작은 돌.

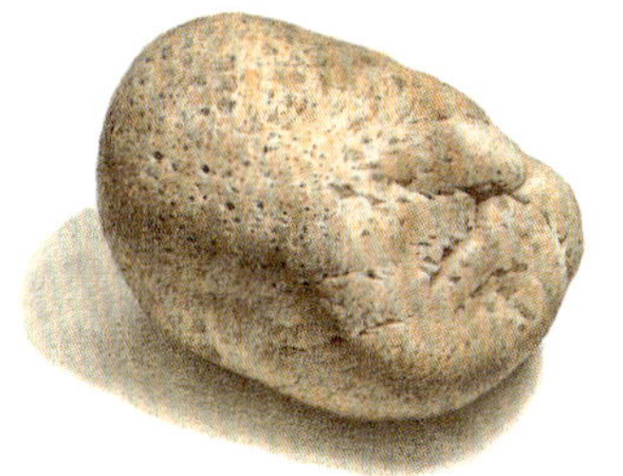
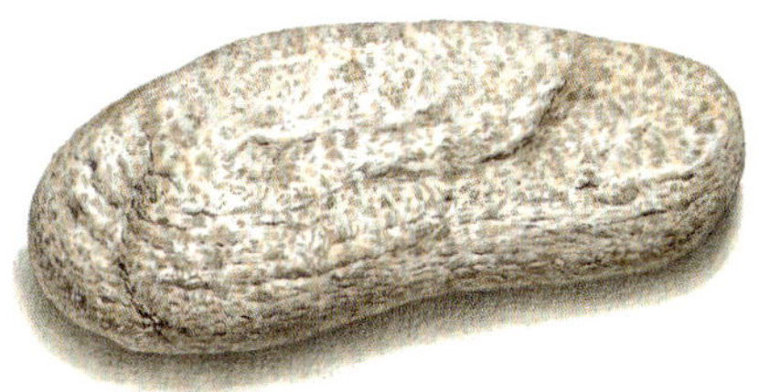
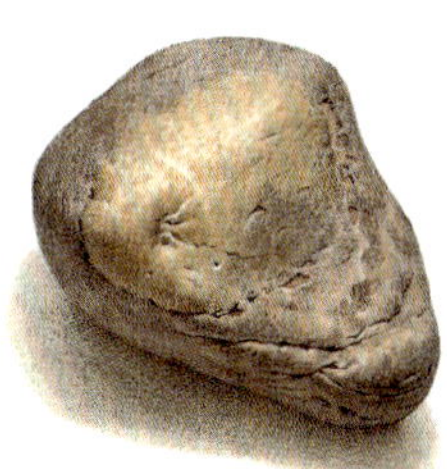

소

금방 눈물이 나올 것 같이

크고 순하디순한 눈을 가진 소.

그저 억센 풀만 먹고도

쟁기며 써레, 달구지를 끌던 소.

송아지 낳아 주어

자식 학비며 살림살이 일으켜 세워 주며

식구처럼 살았습니다.

이젠, 고기를 얻으려고 키우지만

너무나도 빠른 세상에서

느리고 우직한 소걸음을 생각하게 합니다.

농기계가 많지 않던 시절에는 소가 없으면 농사일을 하기에 무척 힘이 들었습니다. 소가 없는 집에서는 소를 빌려서
농사일을 하기도 했는데, 소 빌리는 품삯을 사람 품삯보다 훨씬 많이 매겼습니다. 힘이 센 황소나 송아지를 잘 낳아 주는 암소
할 것 없이 모두 귀하게 여기고 식구처럼 살았습니다.

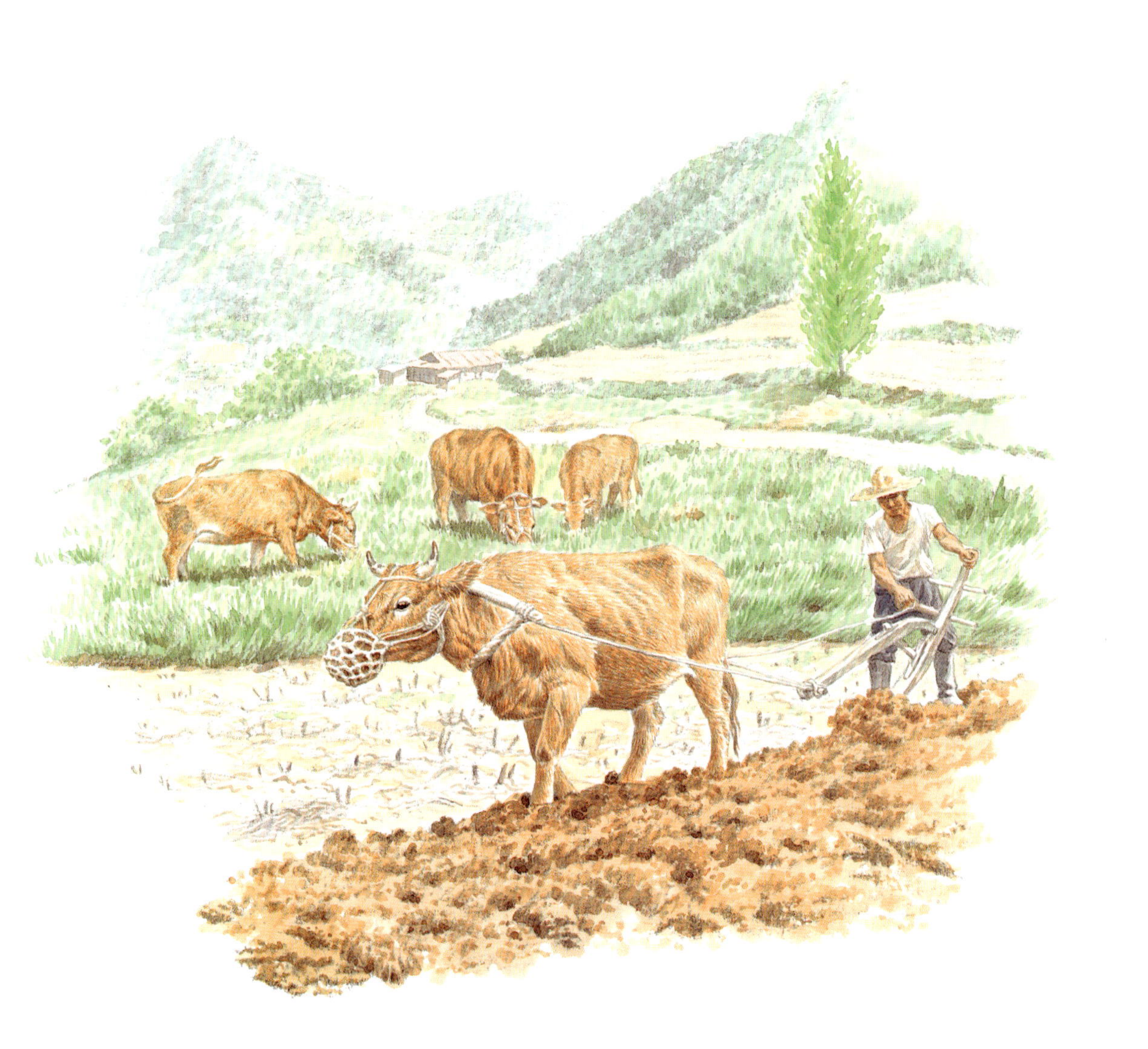

호
랑
나
비

조개나물 위에 내려앉아
꿀을 빠는 호랑나비.

꽃은 나비를 부르고
나비는 꿀을 얻으며
식물이 열매 맺게 하는 사이로
서로 도우며 함께 삽니다.

나풀나풀 날아가는 나비는
살랑살랑 이는 봄바람 같이
일손 바쁜 농부 한숨 돌리며
땀을 씻게 합니다.

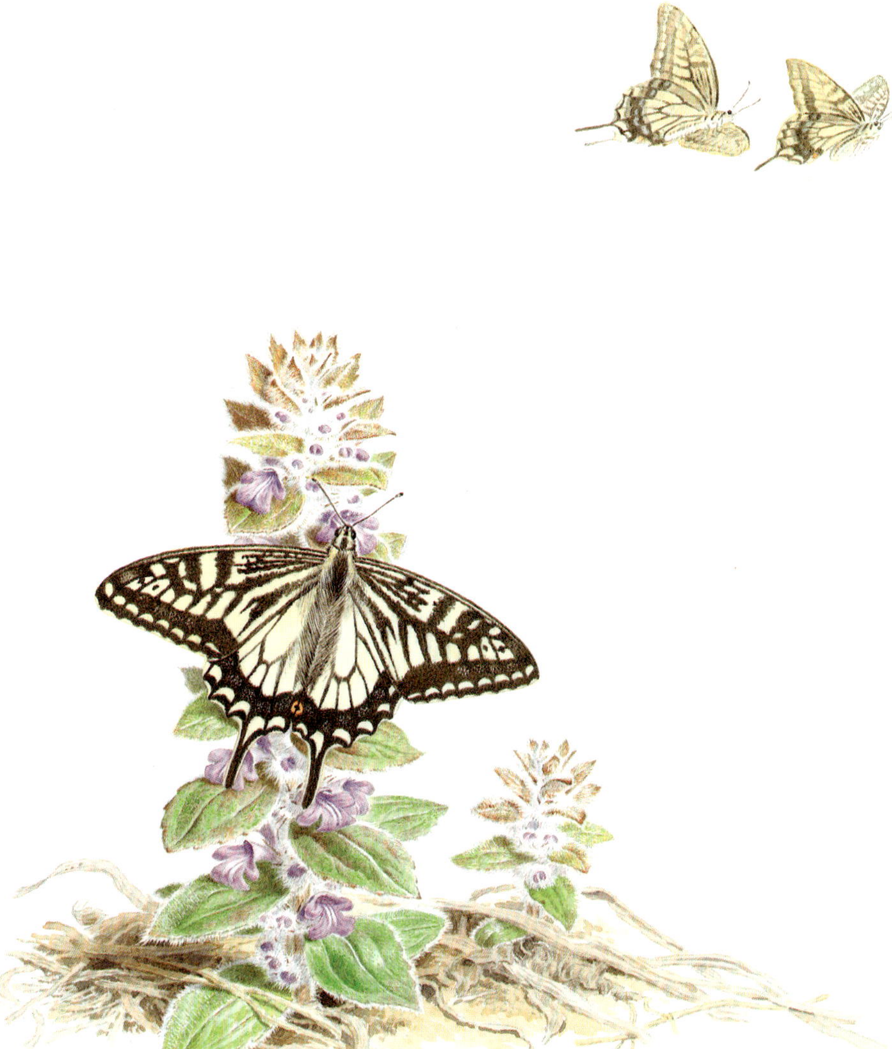

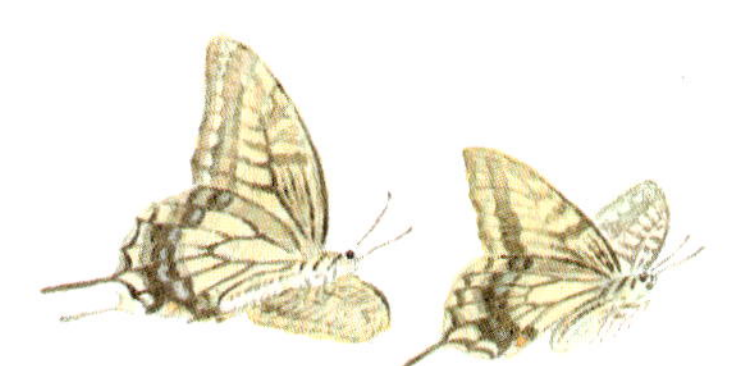

참개구리

집 뒤에 논이 있었습니다.

오월이면 개구리 소리 즐거웠습니다.

지금은

작은 물웅덩이 하나 남기지 않은 채

개구리 삶터를 갈아엎고 사람 집을 지었습니다.

그때 들었던 개구리 소리가

이젠 슬퍼집니다.

십여 년 전, 아파트이기는 하지만 뒤는 꽤나 너른 논, 옆은 커다란 배밭이 있는 곳으로 이사를 했습니다. 그런데,
얼마 지나지 않아서 논을, 배밭을 갈아엎고 아파트를 지었습니다. 사람이 필요해서 집을 짓더라도 그 자리가 논이었는지,
배밭이었는지는 남겨 놓았으면 하는 바람입니다.

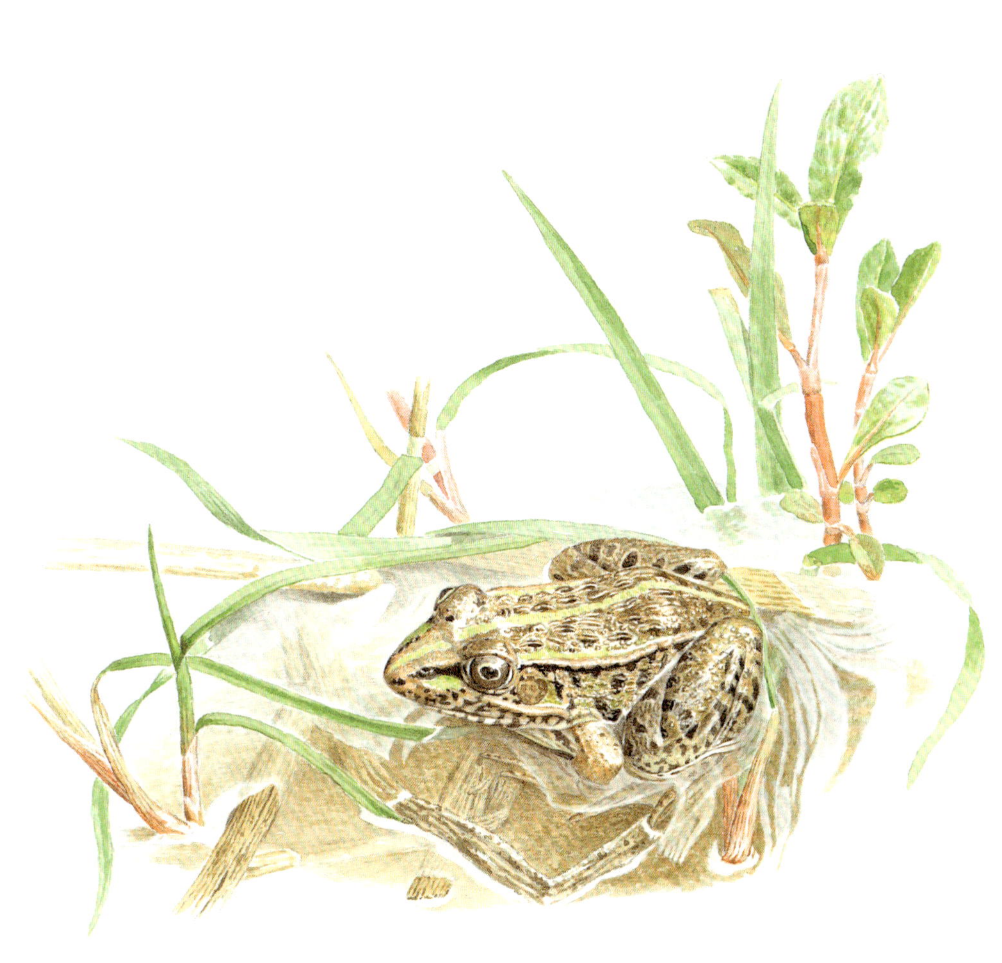

청개구리

꽉 꽉 꽉 꽉

모내기철이 돌아오면
우리나라 개구리 가운데
가장 작은 몸으로
가장 큰 소리로 울어 대는 청개구리.

옛이야기에서 말하듯
비 오면 엄마 무덤이 떠내려갈까 봐
목 놓아 우는 것 같습니다.

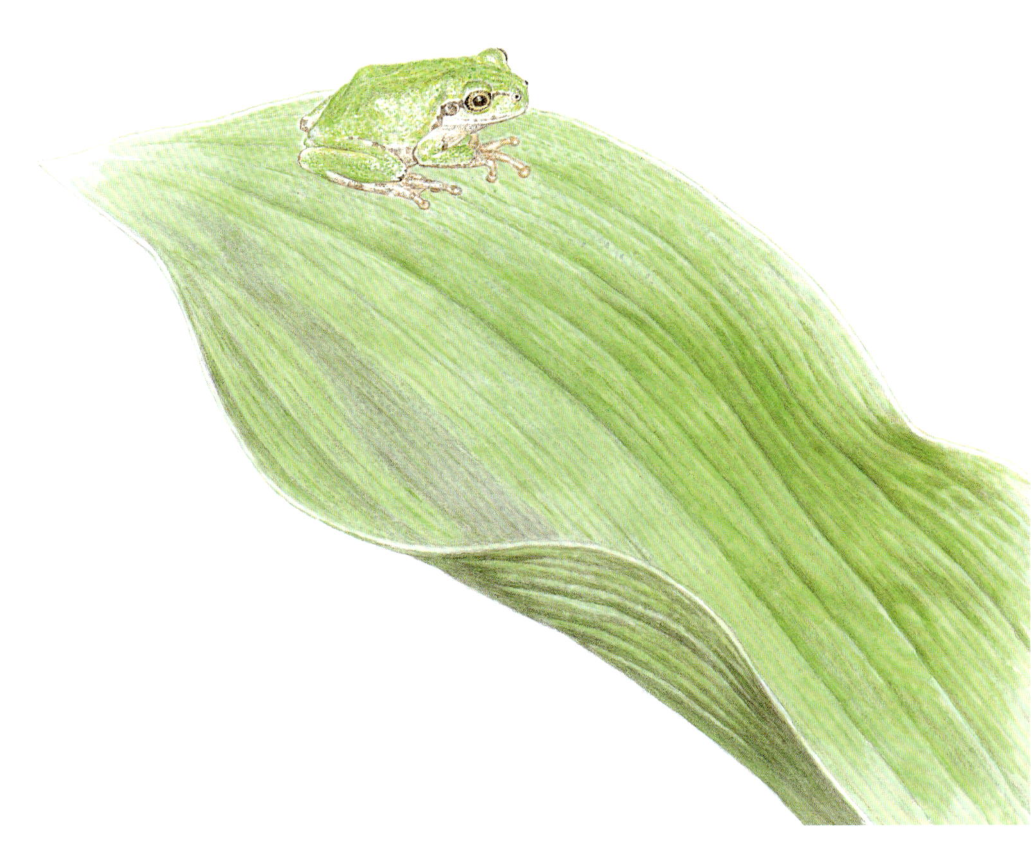

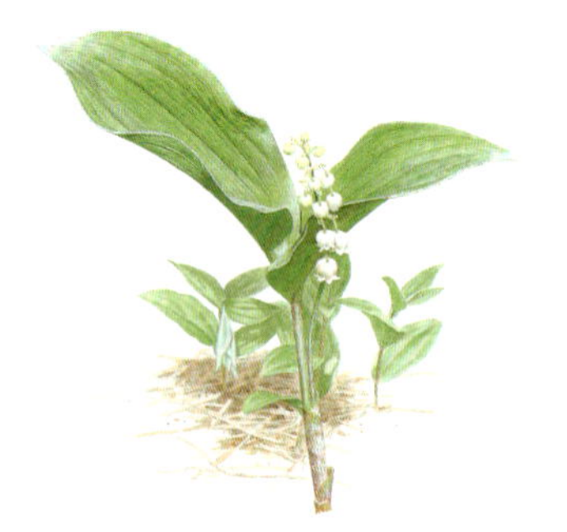
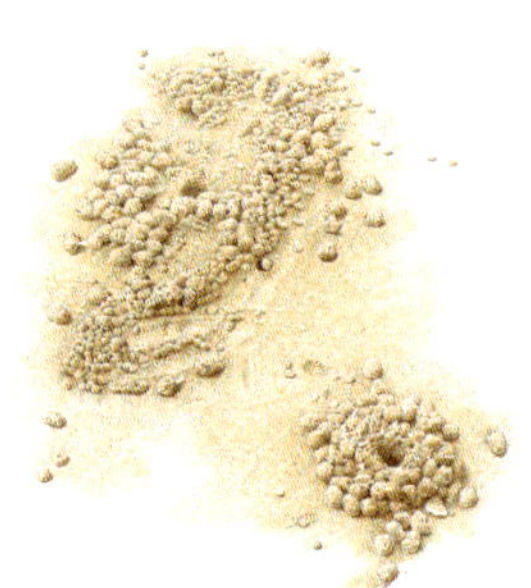
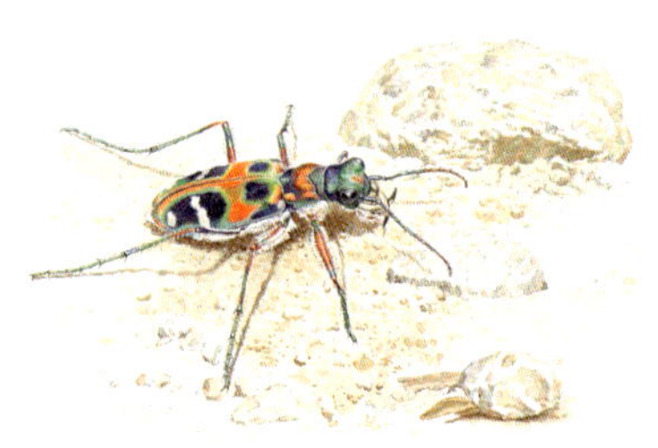

나뭇잎 사이로 스미는 여름

물옥잠

물에서 자라는 옥잠화라고 하여
이름 붙은 물옥잠.

한여름 논이나 연못, 늪에서
보랏빛 꽃을 피우며
물을 맑게 해 줍니다.

열대지방에서 들여온
부레옥잠과는 달리
토종 우리 물풀입니다.

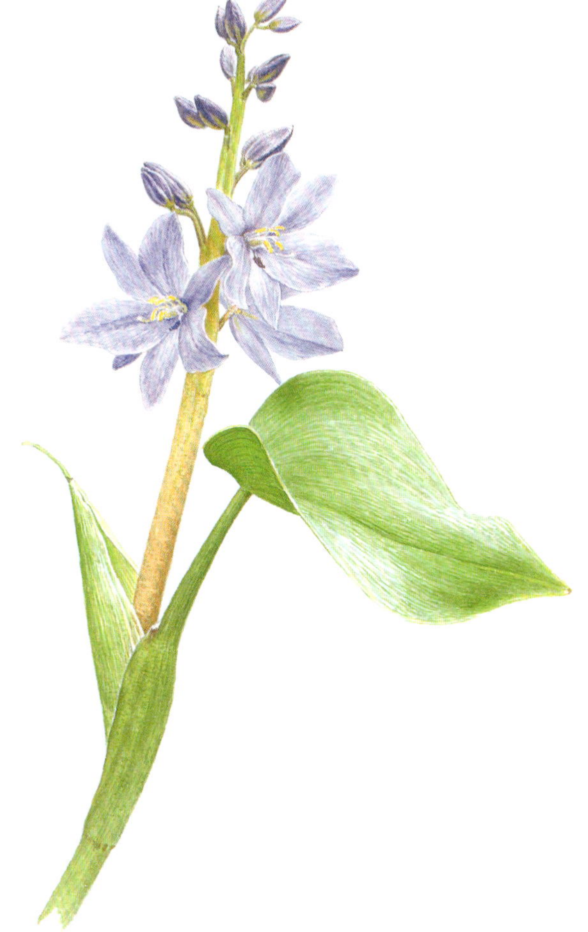

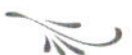
옥잠화라는 이름은 꽃봉오리 모양이 옥비녀를 닮아서 붙였다고 합니다. 물옥잠은 열대지방에서 들여온 부레옥잠과는 달리
논 옆 물길이나 늪, 연못에서 저절로 자라는 아름다운 우리 물풀입니다. 그리고 부레옥잠은 물에 떠서 살지만 물옥잠은 물속에서 살며
땅에 뿌리를 내리고 삽니다. 무리지어 피어 있는 물옥잠을 보면 마음이 맑아지는 기분이 듭니다. 물옥잠, 물달개비와 같은
우리 물풀은 꽃이 아름답기도 하지만 더렵혀진 물을 깨끗하게 해 주기도합니다.

은방울꽃

설악산 골짜기

오래 된 한 무덤가에

하얀 종 모양을 하고

방울방울 줄지어 핀 은방울꽃.

딸 아들 서너 너덧 낳아 끌어안은

우리네 어머니같이 아리땁습니다.

산양 흔적을 찾아서 설악산에 올라갔다 내려오는 길에 묘비 없는 오래된 무덤을 보았습니다. 애기나리, 은방울꽃이
무덤을 덮을 만큼 많이 피어 있었습니다. 후손이 무덤을 돌보지 않는 것인지, 은방울꽃을 좋아하는지 알 수 없지만 은방울꽃이
우리네 어머니 마음같이 아름다워 보였습니다.

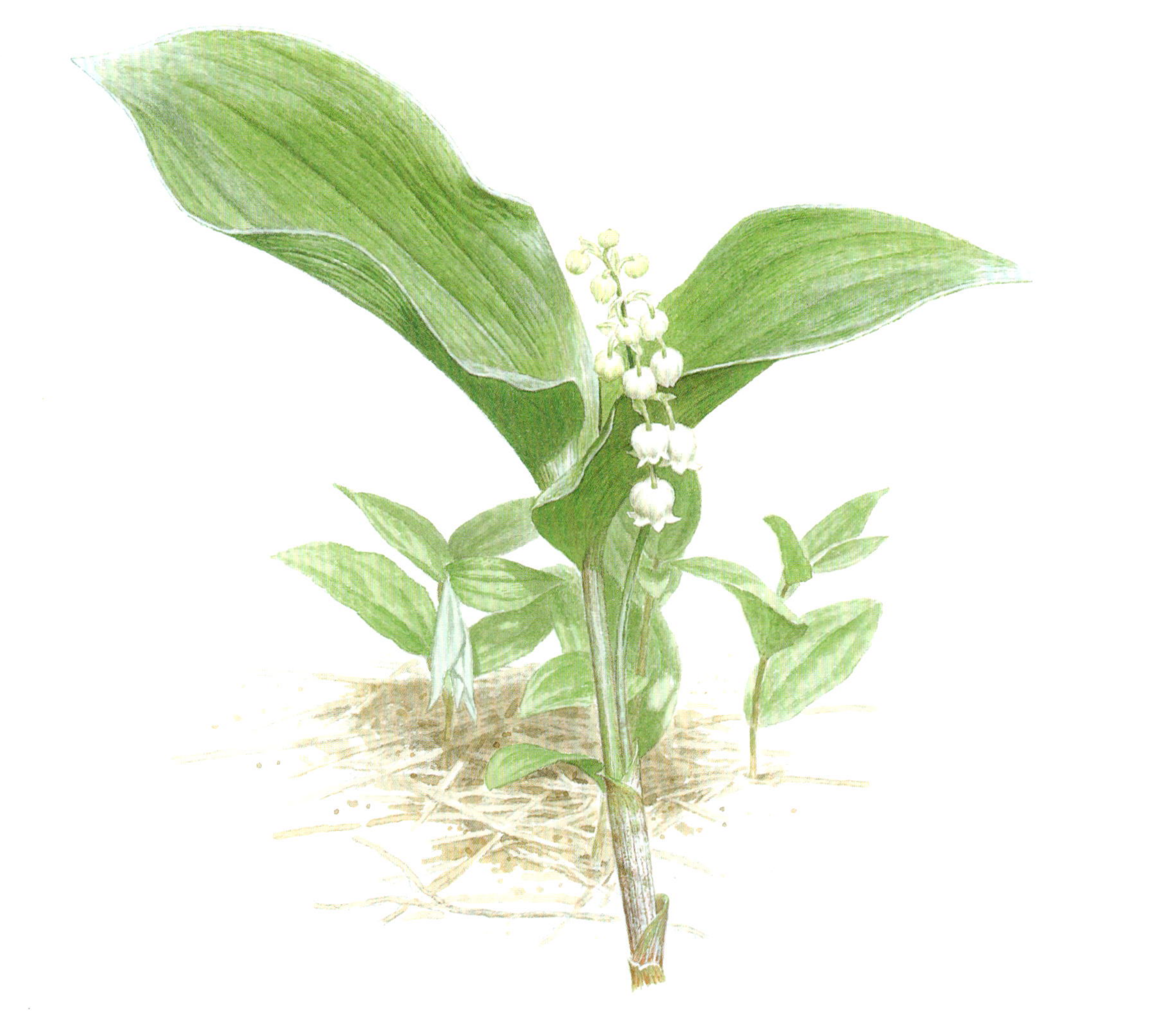

늑대거미

사람 일을 조금 거스르는 벌레를
해충이라 해서
없애 버리려고 약을 뿌립니다.

거미줄은 치지 않지만
꽁무니에 알주머니를 매달고
물 위를, 물풀 위를
징검징검 걸어 다니면서
벼멸구를 잡아먹는 늑대거미.

살아있는 농약이라고 말합니다.

자연은 사람이 끼어들지 않으면
서로 먹고 먹히면서, 서로 도우면서
한 쪽으로 기울어지지 않고
스스로 숨 쉬며 살아갑니다.

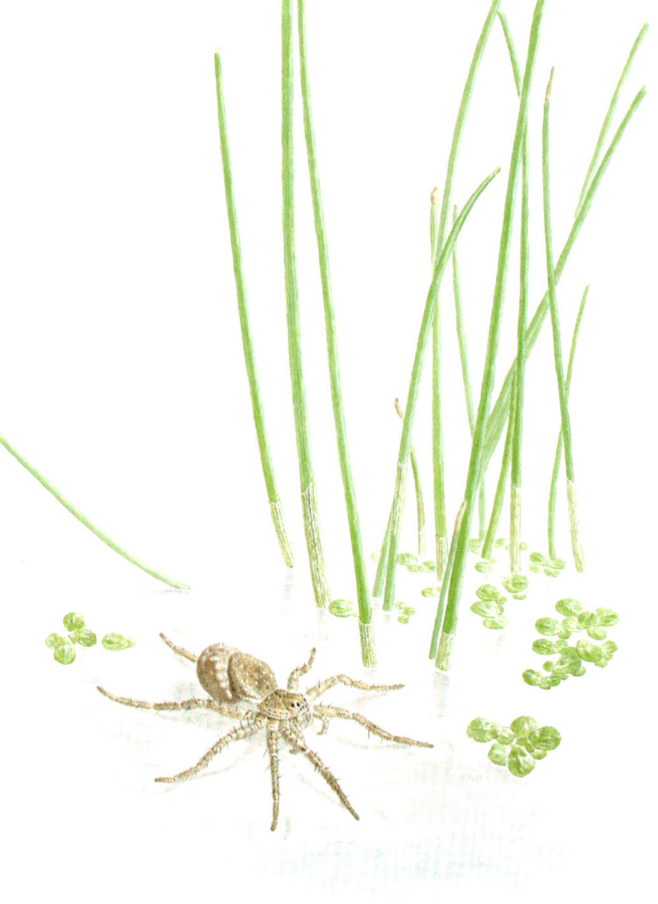

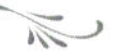

늑대거미는 거미줄을 치지 않고 걸어 다니면서 먹이를 잡아먹습니다. 그리고 알에서 새끼가 깨어날 때까지 알주머니를
꽁무니에 매달고 다닙니다. 종종 깨어난 새끼들이 등이나 배에 수없이 붙어 다니는 것도 볼 수 있습니다. 모기를 없애려고 약을 뿌리고,
벼멸구를 없애려고 농약을 치지만, 없애려는 것은 약에 적응하며 살아남고, 그것을 잡아먹는 잠자리나 거미는 점점 죽어갑니다.

밀잠자리

애벌레 때는 물속에서 살며
올챙이를 잡아먹지만
물 밖으로 나와 어른 잠자리가 되면
개구리 먹이가 되는 잠자리.

밀잠자리 애벌레가 물속 생활을 마치고
어른 잠자리로 날개돋이 합니다.

젖은 날개 말리고 여린 몸 가다듬어
돌고 도는 또 다른 세상으로
날아갈 채비를 합니다.

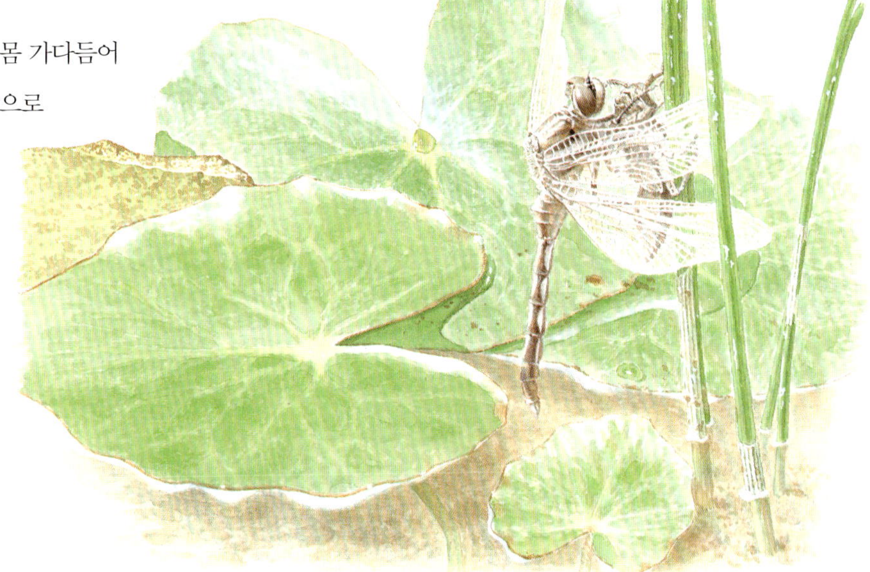

잠자리는 물속에 알을 낳습니다. 알에서 깨어난 애벌레는 올챙이나 송사리와 같은 작은 물고기를 잡아먹고 삽니다.
잠자리애벌레가 날개돋이를 하고, 올챙이가 개구리가 되어 물 밖으로 나오면 개구리가 파리나 잠자리 같은
벌레를 잡아먹고 삽니다.

길앞잡이

고운 비단옷 차려 입은 듯
몸 빛깔이 아름다운 길앞잡이.

볕바른 길 위에 앉았다가
누군가 다가가면
포르륵 포르륵 앞서 날아가
길을 가르쳐 주듯
다시금 길 위에 내려앉는 길앞잡이.

앞서 길을 가는 삶도 빛나지만
함께 더디더디 가는 삶 또한
우리네 삶입니다.

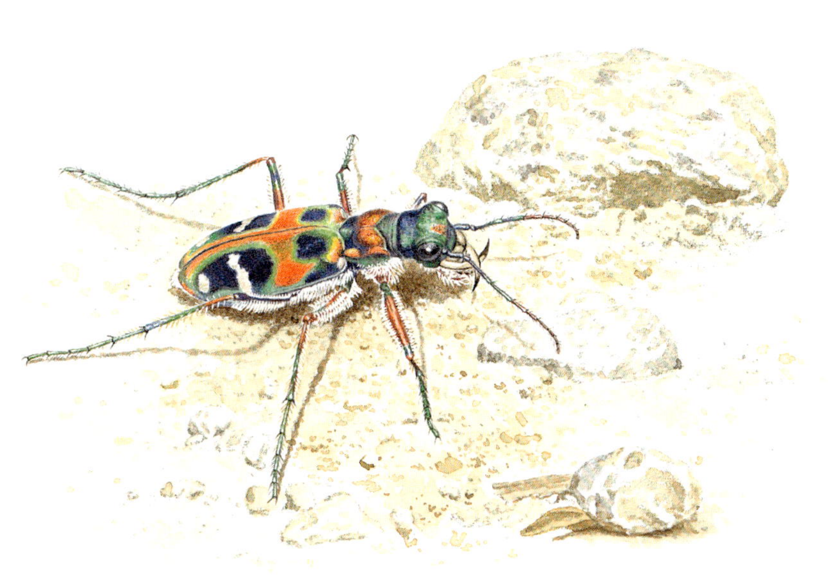

콩

세 알 심어

새 한 알

벌레 한 알

사람 한 알 먹는다는

조그마한 콩에는

김 모락모락 나는 두부도 있고

간장, 된장, 고추장 만드는 메주도 있고

시루에 빼곡히 자라는 콩나물도 있고

우리 목숨 살리는

거친 농부 손결도 있습니다.

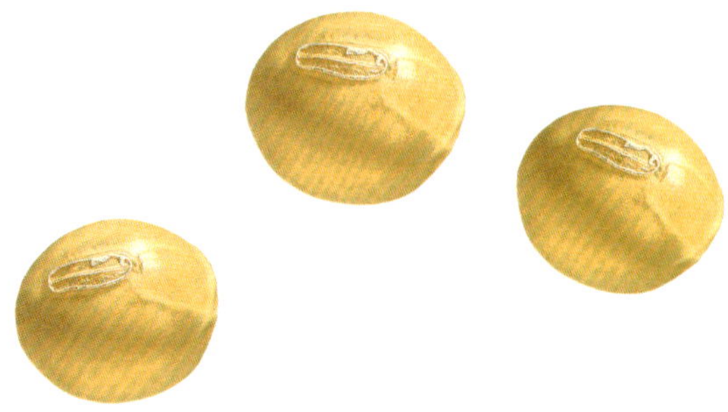

옛 어른들은 콩을 심을 때, 세 알을 심어서 새가 한 알 먹고, 벌레가 한 알 먹고, 한 알이 싹이 터서 사람이 먹고자 하는
너그러운 마음이 있었습니다. 요즘은 밭에 콩을 심어 놓고 새들이 먹을세라 밭을 지키는 것을 종종 볼 수 있습니다.
자연과 생명을 나누던 농사가 농업으로 바뀌면서 나타난 각박한 마음 같습니다.

감
자

"제초제, 농약, 화학비료 안 썼습니다.
특히 비닐을 안 써서 맛있습니다."

아는 농부로부터
편지와 함께 부쳐 온
감자 한 상자.

겉모습은 같지만
흙을 살리고
모두 함께 사는 삶이 담긴 감자입니다.

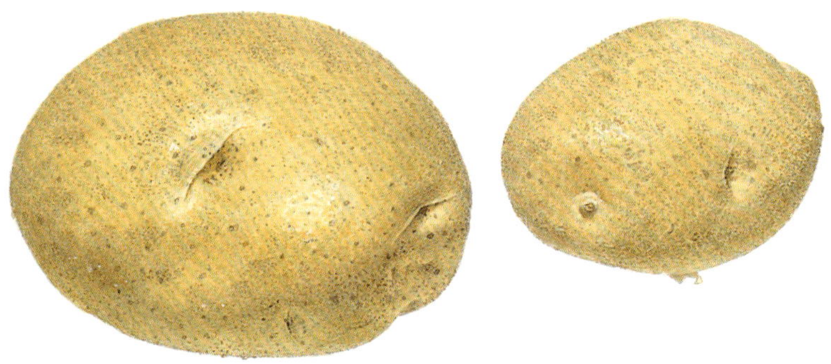

촉새

촛 촛촛촛촛 촛촛

동이 트는 아침
앞뜰 텃밭에서
끊임없이 울어대며
잽싸게 움직이는 촉새.

말 많고 촐싹대는 사람을 떠오르게 합니다.

며칠 머물다 간 길손처럼
며칠 뒤 앞뜰을 떠나갔습니다.

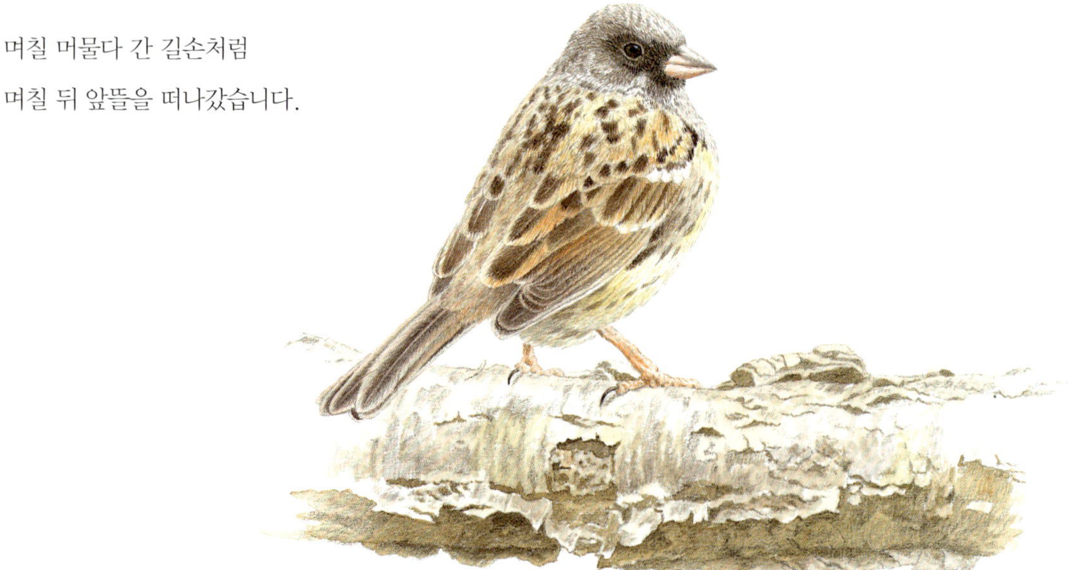

촉새는 봄, 가을 두 번 우리나라를 지나가는 나그네새입니다. 백학에 있는 작업실 앞뜰에는 4월 말에서 5월 초까지 머물다 갔습니다.

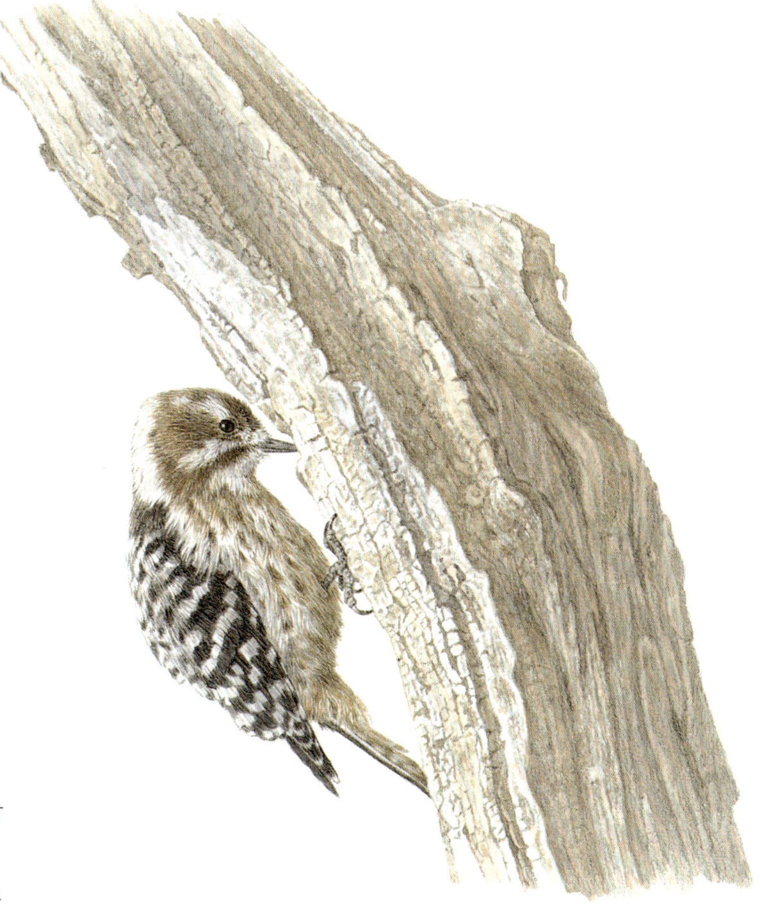

쇠딱따구리

끼이르륫 끼이르륫

이 나무 저 나무
부지런히 오가는 쇠딱따구리.

딱 딱딱 따닥따닥 따다다다다딱

참새만한 작은 몸, 작은 부리로
나무에 구멍을 파서 둥지를 짓고
나무를 쪼아,
긴 혀로 벌레를 잡아먹는 쇠딱따구리.

호
반
새

꾜로로로로로로로로

꾜로로로로로로로로

여름날 새벽녘

숲에서 나와 전깃줄에 앉아 울고.

꾜로로로로로로로로

꾜로로로로로로로로

푸슬푸슬 비 오는 날

죽은 나뭇가지에 앉아 우는

맑고 깊은 목소리를 가진 호반새.

어느 흐린 날

깊은 시름에 찬 눈빛으로

울타리 쇠기둥에 한참을 앉아 있다가

맑은 목소리 내지 않고 그냥 갔습니다.

호반새는 우리나라 물가 숲이나 논 근처로 찾아오는 여름철새입니다. 새벽녘 집 뒤 전깃줄에 앉아서 우는 호반새 소리는
머리가 찡할 만큼 맑고 깊게 울려 퍼졌습니다. 비가 조금씩 오는 날에도 자주 나와 울었는데, 하루는 고개를 갸우뚱갸우뚱 거리다가
그냥 갔습니다. 걱정거리가 있는 듯이.

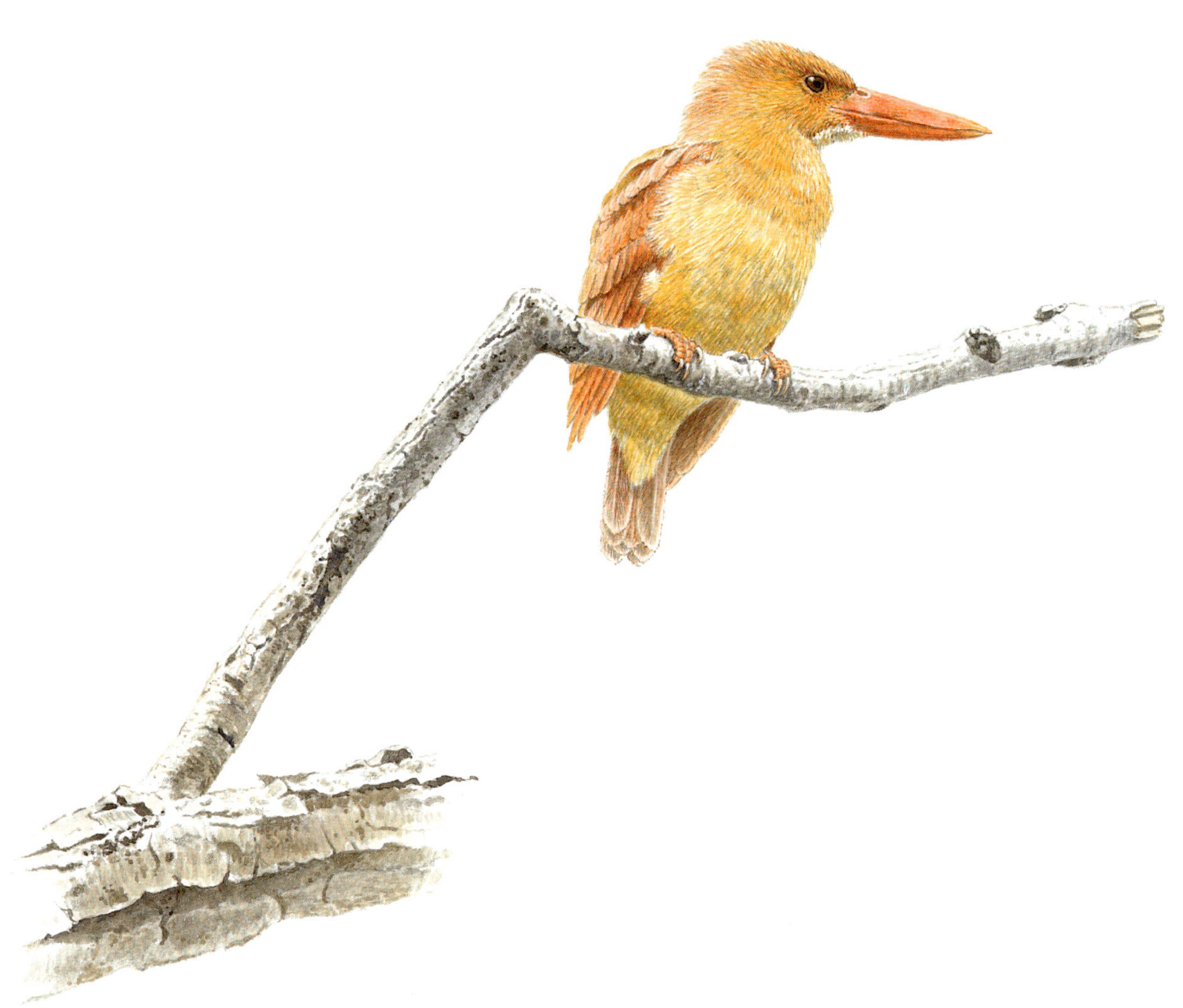

봉숭아

어느 집이나
뱀이 싫어하는 냄새를 풍긴다고
담장 밑, 장독대 둘레에 심었던 봉숭아.

손톱에 붉은 봉숭아물 들여
못된 병, 못된 귀신을
쫓아낸다고 믿었던 봉숭아.

흙이 아스팔트로, 시멘트로 덮이고
손톱이 매니큐어에 덮인 지금
붉은 봉숭아물 들이고
여름, 가을 가고
겨울 손톱 끝에 매달린 초승달 사랑을
가슴 졸여 기다리는
여인네 마음도 보기 드뭅니다.

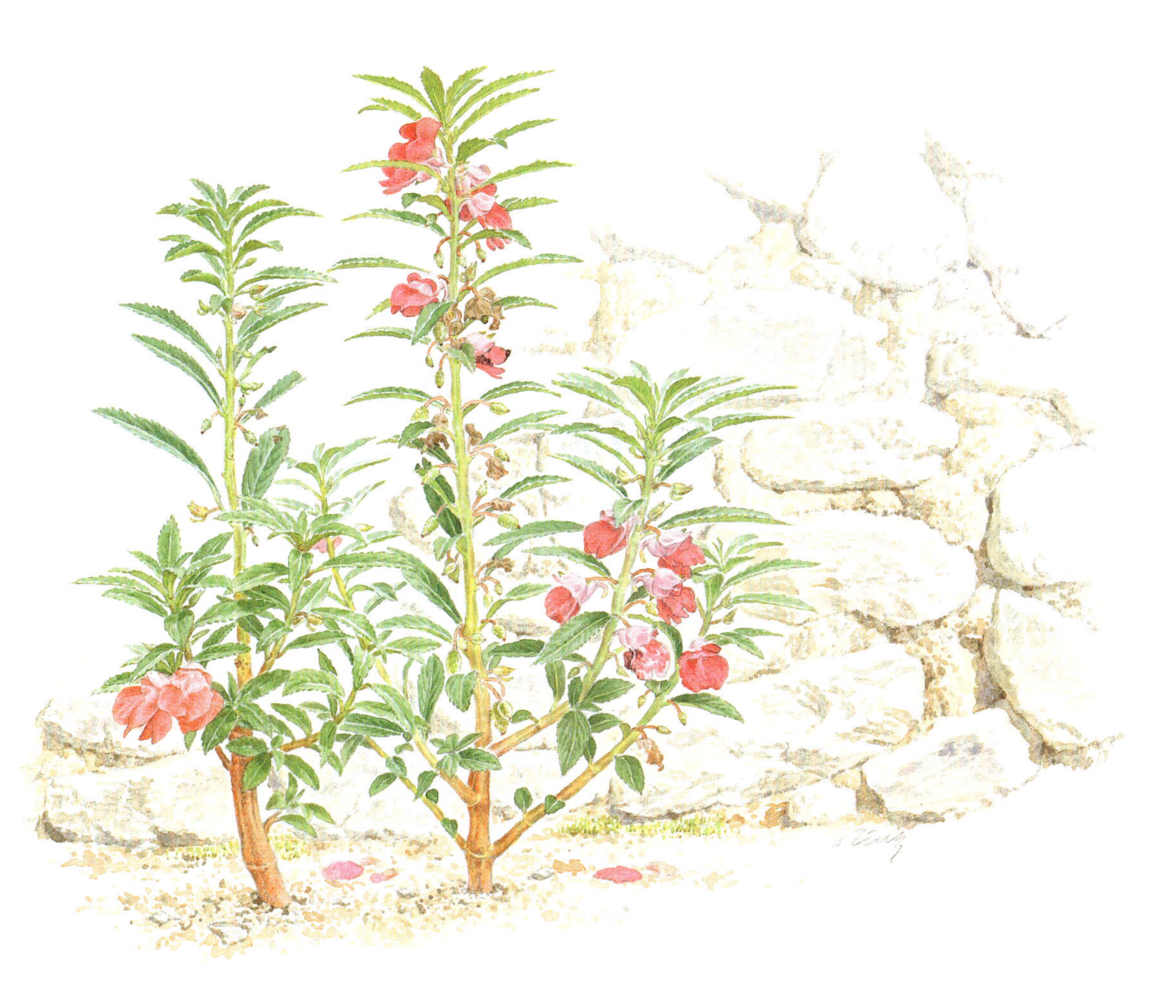

지
렁
이
똥

애기메꽃 밑에

몽글몽글 지렁이 똥.

어느 동물이나 똥을 눕니다.

먹는 대로 눕니다.

지렁이는 흙을 먹고

흙을 살리는 흙똥을 눕니다.

사람처럼 휴지로 닦고, 물로 씻어서

흘려 버리는 똥이 아닙니다.

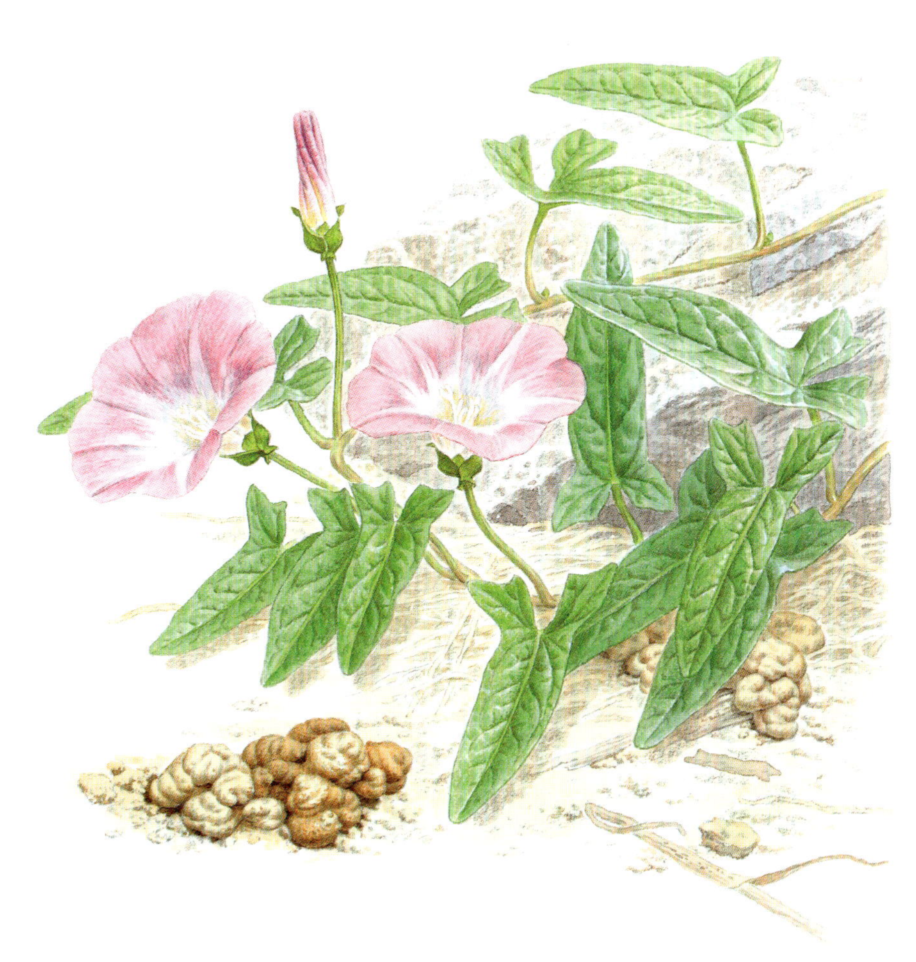

산
양
똥

가파른 산비탈을 오르고

험한 바위를 기어 기어 올라갑니다.

다리가 후들거려 네 발로 길 때쯤

반가운 산양 똥 한 무더기 보입니다.

우리네 할아버지 때에는

산양이 흔했다던데

사람들에게 쫓기고 쫓겨

이젠 산양이 남긴 것조차 보기 힘듭니다.

쫓기며 헐떡이는 산양 숨소리가

가쁜 숨 몰아쉬는 가슴을 파고듭니다.

산양 흔적을 찾아서 강원도 설악산 골짜기를 몇 차례 다녀온 일이 있습니다. 미천골이라는 곳에 사는 한 노인은, 젊을 때는
흔하게 산양을 잡을 수 있었다면서 산양 뿔을 보여준 일이 있습니다. 이제는 사람 발길 닿기 힘든 곳에서만 똥이나 영역 표시 정도를
볼 수 있습니다. 그나마 비무장지대에서는 산양을 눈으로 볼 수 있다고 합니다.

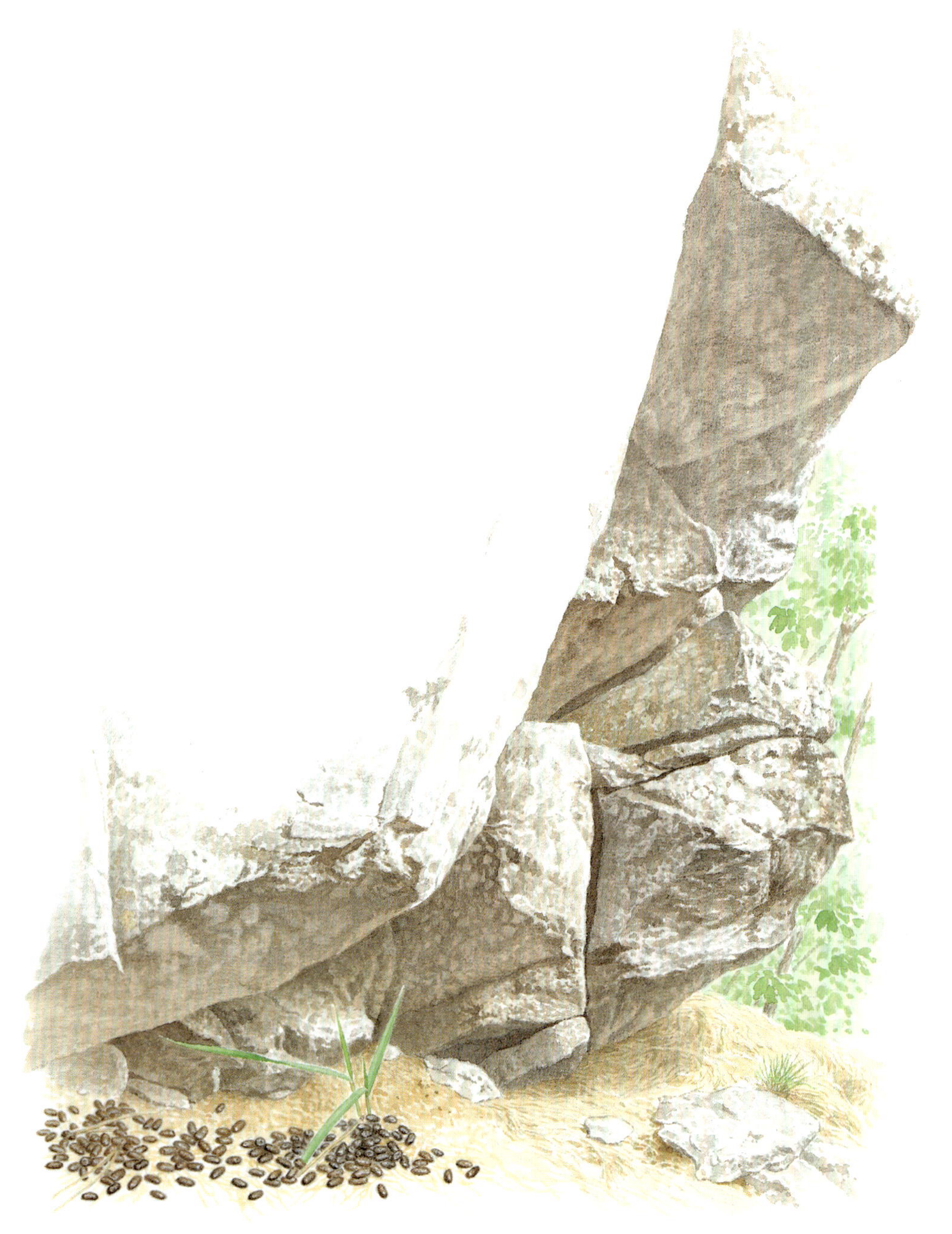

꽃
게

이삼십 미터 깊은 바다 밑
모래나 진흙에서 사는 꽃게.

다른 게와는 달리
노 닮은 지느러미발이 있어 헤엄도 잘 칩니다.

꽃게탕, 꽃게장으로 우리 입맛 돋우지만
꽃게잡이 철이면
서해북방한계선에서 벌이는 남북 눈치놀음은
갈라져 사는 아픔입니다.

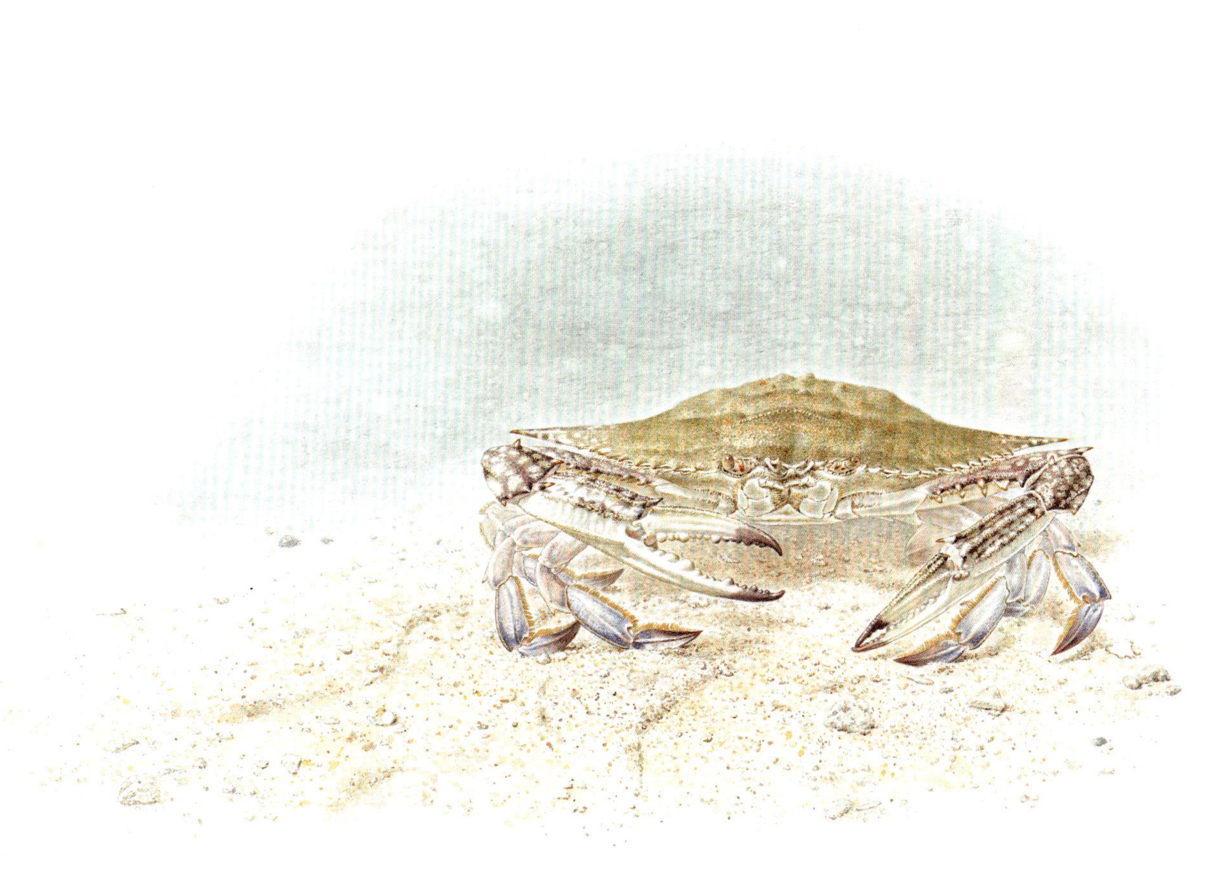

모
래

덩
어
리

바닷가 모래 갯벌에
달랑게 엽낭게가 모여 삽니다.

바닷물이 밀려 나간 모래밭 위에
모래를 주워 먹고 내뱉은
콩알만 한, 팥알만 한 모래 덩어리로
누구도 그릴 수 없는
아름다운 그림을 그려 놓습니다.

누구도 가질 수 없는
그림을 그립니다.

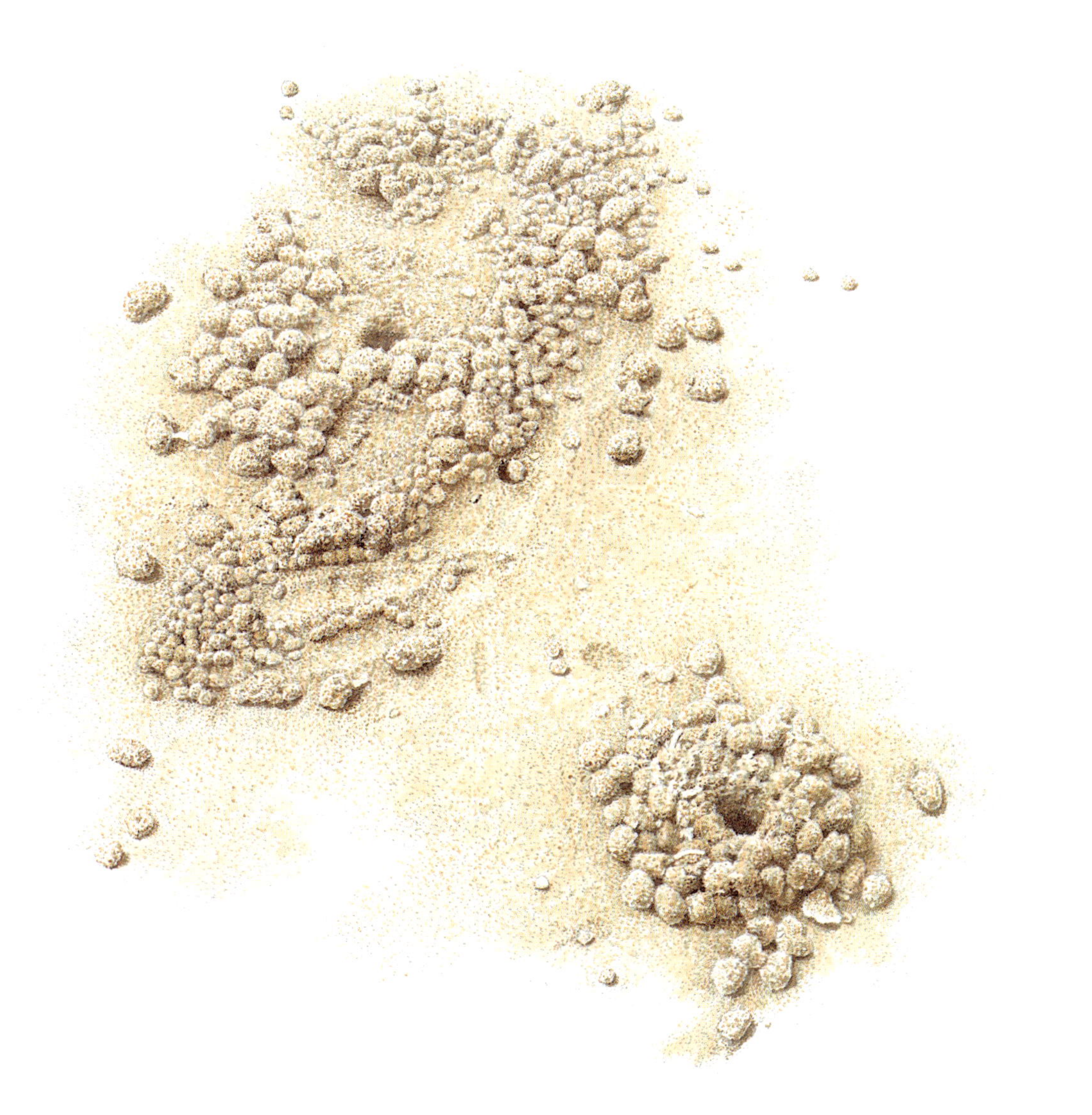

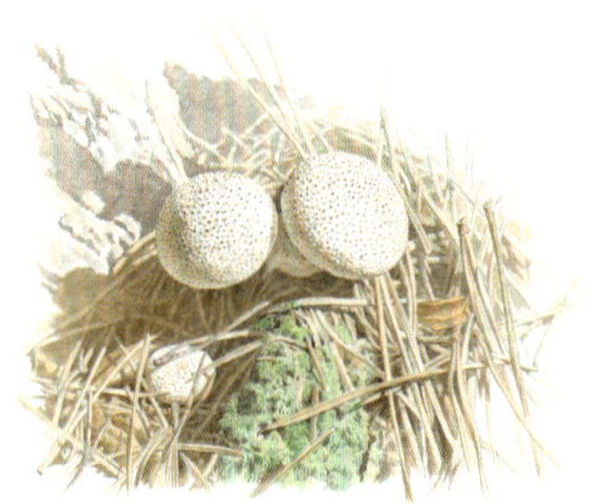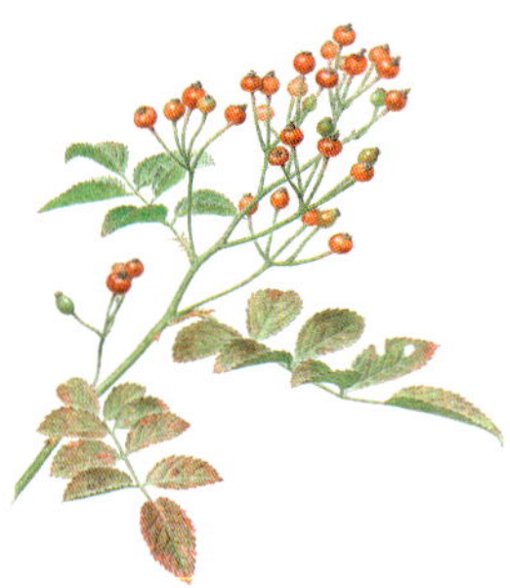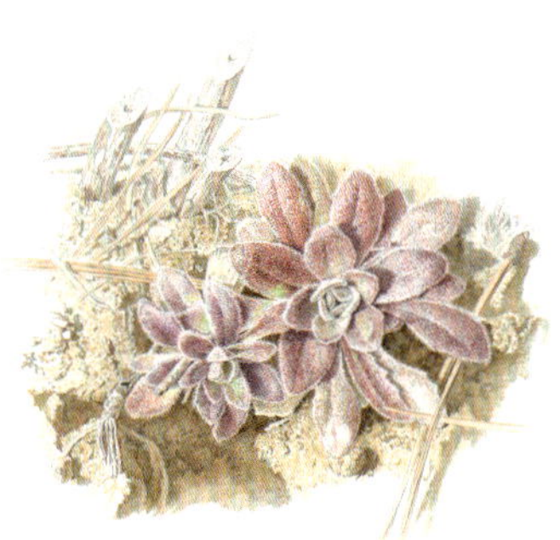

새 씨알 낳는 가을

개
똥
벌
레

캄캄한 한여름 밤
반짝반짝 황록 불빛으로
어린 마음 호리던 개똥벌레.

개똥벌레 애벌레가
불빛 내는 엄지벌레 되려고
달팽이를 파고들며 먹습니다.

어린 마음 호린 불빛이
무서워집니다.
정말 무서워집니다.

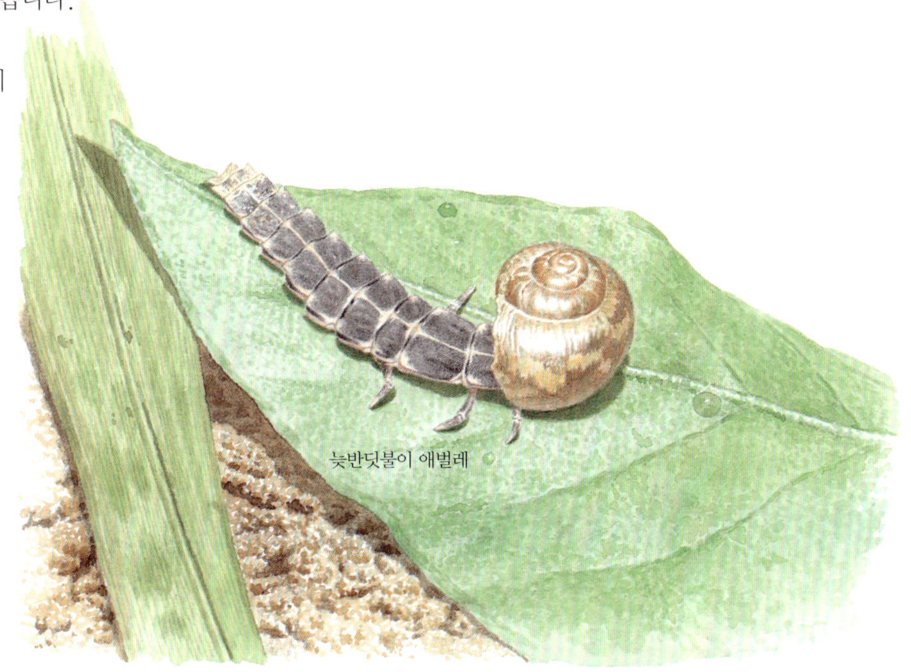
늦반딧불이 애벌레

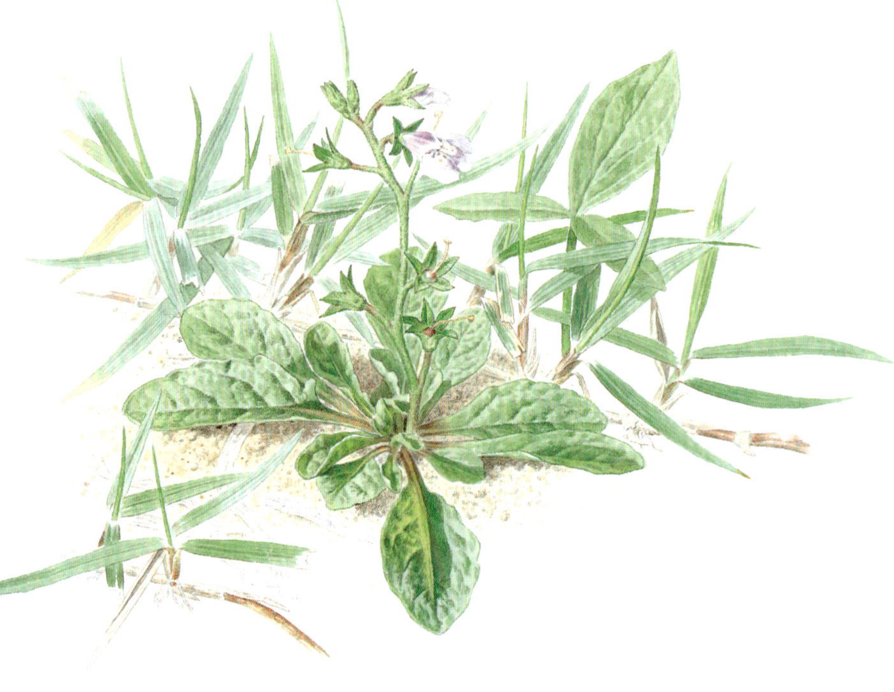

주름잎

잔디 틈에서
밥풀떼기 하나 떨어뜨린 듯
조그맣게 꽃을 피운 주름잎.

논에서 돌피를 뽑아내고
밭에서 바랭이, 쇠비름을 뽑아내고
잔디밭에서 제비꽃, 주름잎을 뽑아냅니다.

모두 다 제 몫을 가지고 생겨났을 텐데
사람이 쓸모가 없으면 잡초라고 합니다.

주름잎이라는 이름은 이파리가 쭈글쭈글 주름져서 붙었다고 합니다. 봄부터 가을까지 어느 곳이든 흔하게 꽃이 피는데 키도 작고
꽃도 작아서 눈에 잘 띄지 않습니다. 하지만 주름잎 꽃을 가까이 들여다보면 어떤 난초 꽃 보다도 아름답습니다.

물자라

암컷이 수컷 등에 알을 낳는 물자라.

물자라 수컷은
알에서 새끼가 깨어날 때까지
알을 등에 업고 다닙니다.

사람들은 물자라 수컷을 보고
자식 사랑이 더할 수 없다고 말합니다.
하지만 물자라는
아주 오래 전부터
이 세상에 생겨나면서부터
살려고, 살아남으려고
암컷은 수컷 등에 알을 낳고
수컷이 알을 등에 업고 다니는지도 모릅니다.

코스모스

멕시코가 고향 땅이라는 코스모스.

백 년 전쯤
우리 땅에 왔습니다.

거친 땅에서 잘 자라
길가에 많이 심었습니다.

가을바람에 가녀린 몸 살랑대며
세상살이에 어지러운 나에게
꾸밈없이 살라
순정으로 살라 합니다.

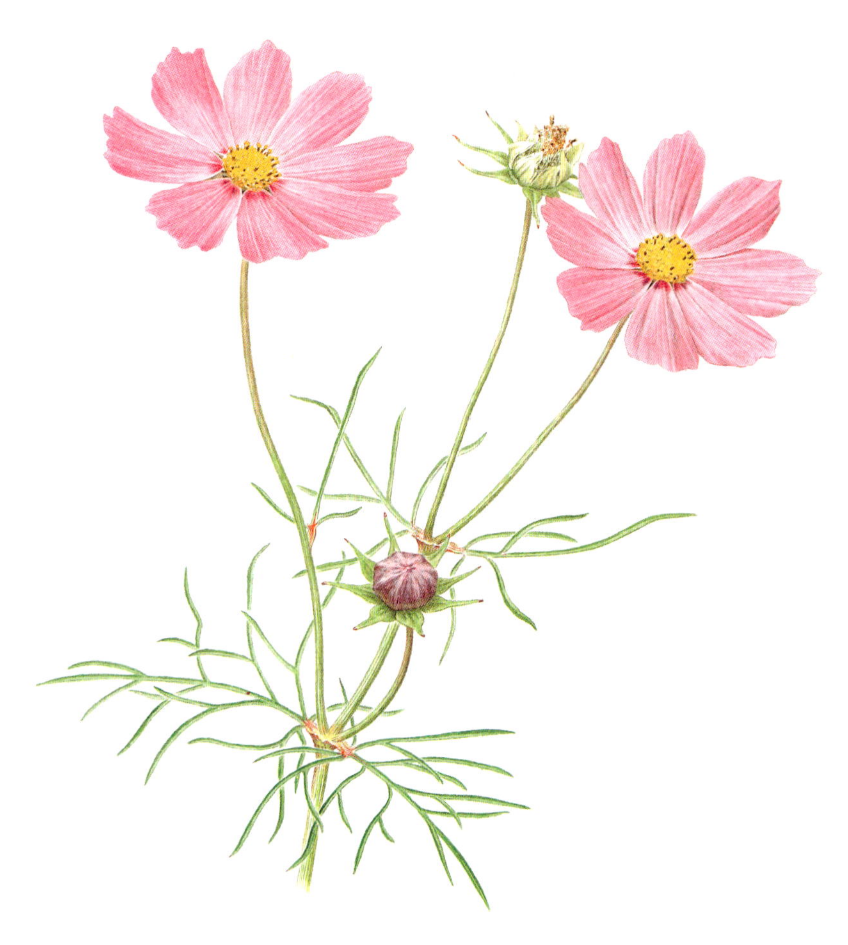

서
해
비
단
고
둥

물기 남은 바닷가 모래밭에

아름다운 곡선을 남기며 다니는 서해비단고둥.

바닷물이 밀려오면

아무런 자국 없는

모래밭으로 돌아옵니다.

자연에 상처를 남기지 않는 삶이

자연과 함께

오래 살 수 있는 길로 여겨집니다.

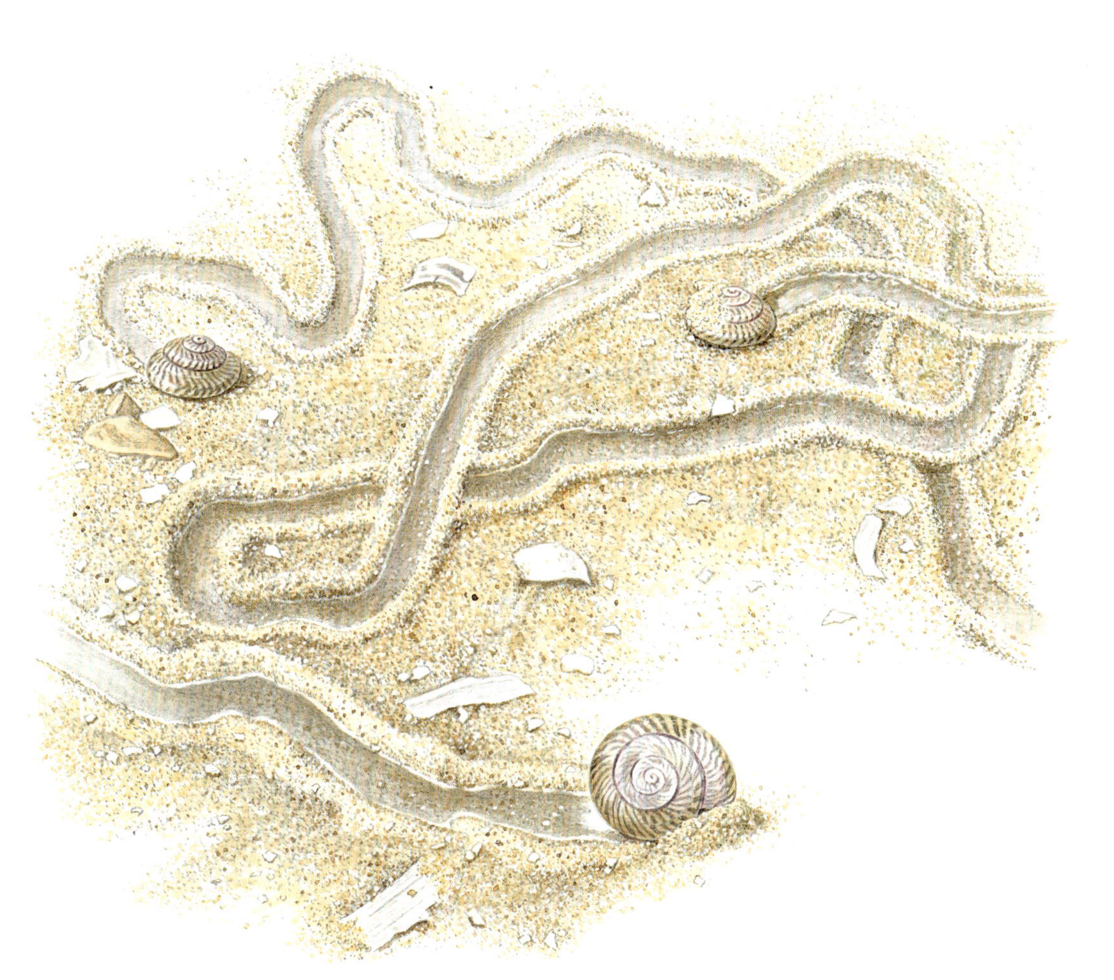

귀뚜라미

코로코로리리리
코로코로리리리

가을밤
맑게 울려 퍼지는 귀뚜라미 소리
여름날 지친 몸과 마음을 달래 줍니다.

하지만 귀뚜라미 소리는
죽음을 앞둔 수컷 귀뚜라미가
짝짓기 해서 새 생명 낳으려고
암컷을 애타게 부르는 울음소리입니다.

우리나라 벌레 가운데 어른벌레로 겨울을 나는 벌레도 있지만, 많은 벌레들은 가을에 짝짓기를 하고, 알을 낳고 죽습니다.

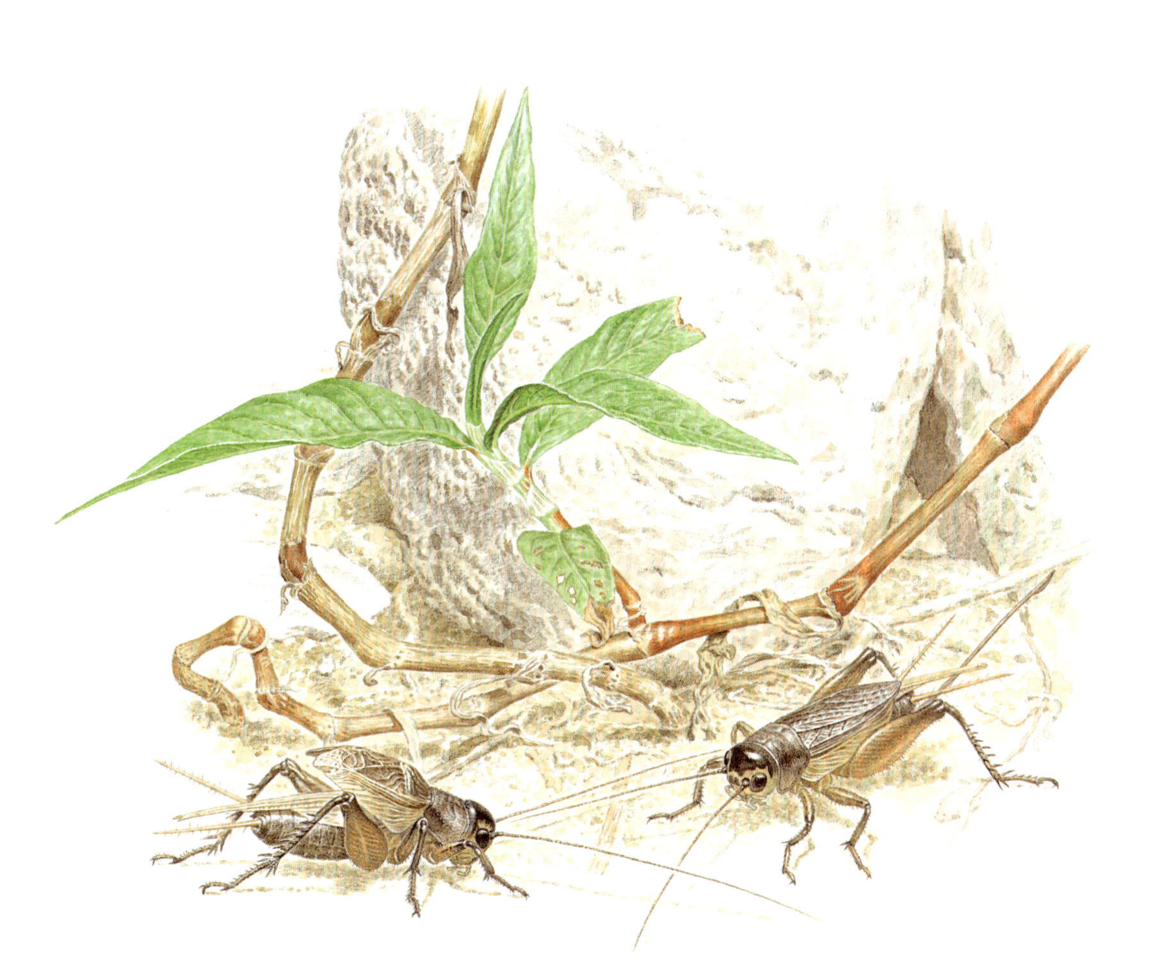

강
도
래
애
벌
레

우리가 즐겨 찾는 맑은 계곡
강도래 애벌레가
날개돋이를 하고 허물만 남긴 채
어디론가 날아가 버렸습니다.

사람이 오고 간 발자국이 많을수록
사람이 남기고 간 자국이 많을수록
맑은 물은 흐려지고
맑은 물에서 시는 작은 생명들은
살 곳을 잃어 갑니다.
그러면서, 점점, 사람도
놀 곳을 살 곳을 잃어 갑니다.

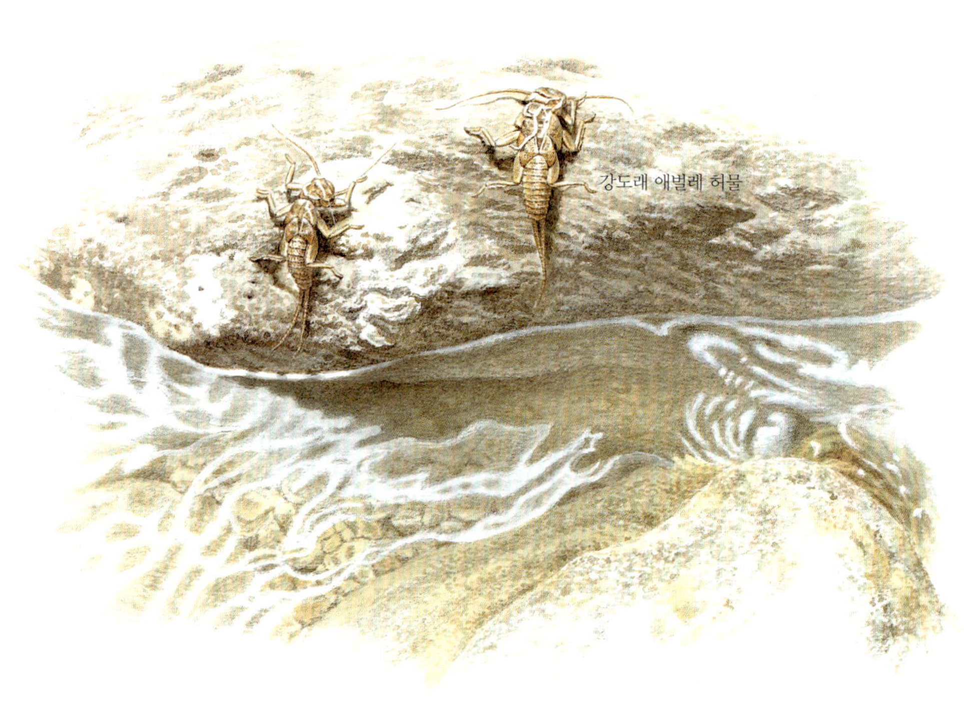

강도래 애벌레 허물

찔
레
나
무

가시가 많고 꽃이 예뻐
들장미라고도 하는 찔레나무.

봄기운 먹은 찔레순은
달콤한 먹을거리가 되고
초여름 하얀 찔레꽃은
향내로 모내기철 일러 주고
가을날 빨간 열매는
배앓이를 낫게도 합니다.

우리는 늘
자연이 주는 선물을 받고 삽니다.

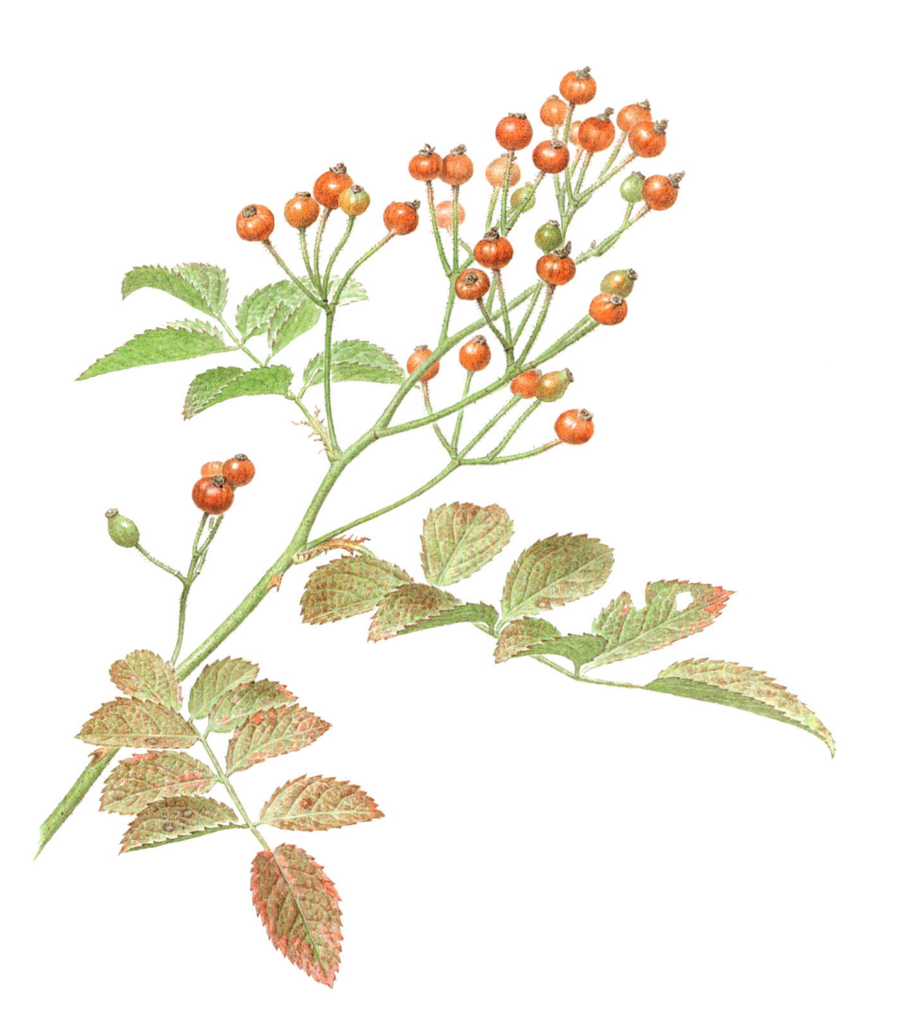

말불버섯

사람이 먹고, 일하고, 병들고

늙어 죽는 것과 같이

자연도 삶과 죽음을 거듭하면서

낙엽, 늙어 쓰러진 나무, 동물 똥,

제 목숨 다한 동물 주검들을 남깁니다.

버섯은

생물이 끊임없이 살아갈 수 있도록

자연이 남긴 쓰레기를

썩히고, 헤뜨려서

흙으로 돌려줍니다.

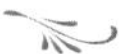

버섯은 엽록소가 없기 때문에 광합성을 할 수 없습니다. 그래서 살아 있거나 죽은 동, 식물에서 영양분을 흡수하며 살아갑니다.
이렇게 영양분을 섭취하면서 죽은 동, 식물을 분해 시켜 다시 생물이 이용할 수 있는 양분으로 되돌려주는 일을 합니다.

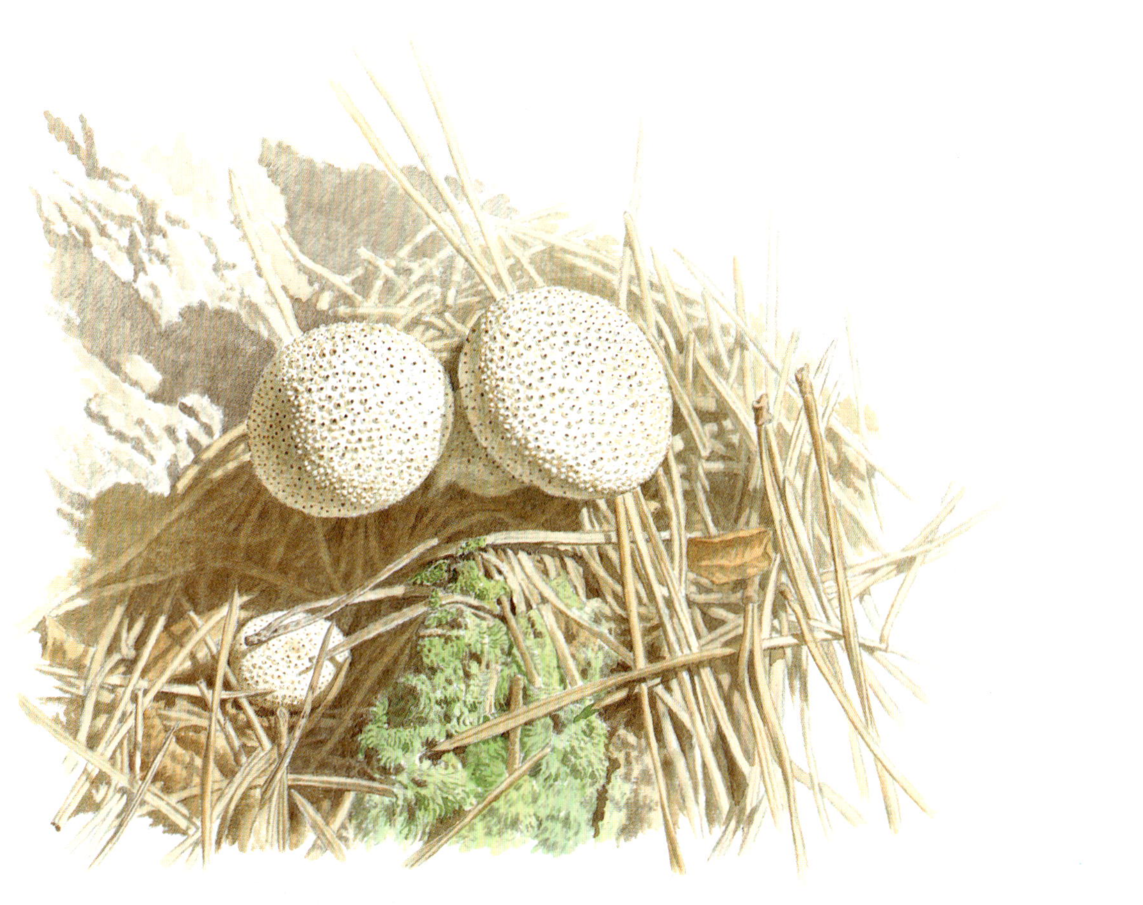

꼬리치레도롱뇽

치렁치렁

꼬리가 몸보다 길어서

꼬리치는 모습이 앙증맞은 꼬리치레도롱뇽.

사람 발길 드물고 숲이 우거져

산소가 풍부하게 녹아 있는

차고 깨끗한 물에서만 삽니다.

사람 손길 잦아져

계곡물 떠먹을 수 없을 때는 살 수 없는

일급수환경지표생물입니다.

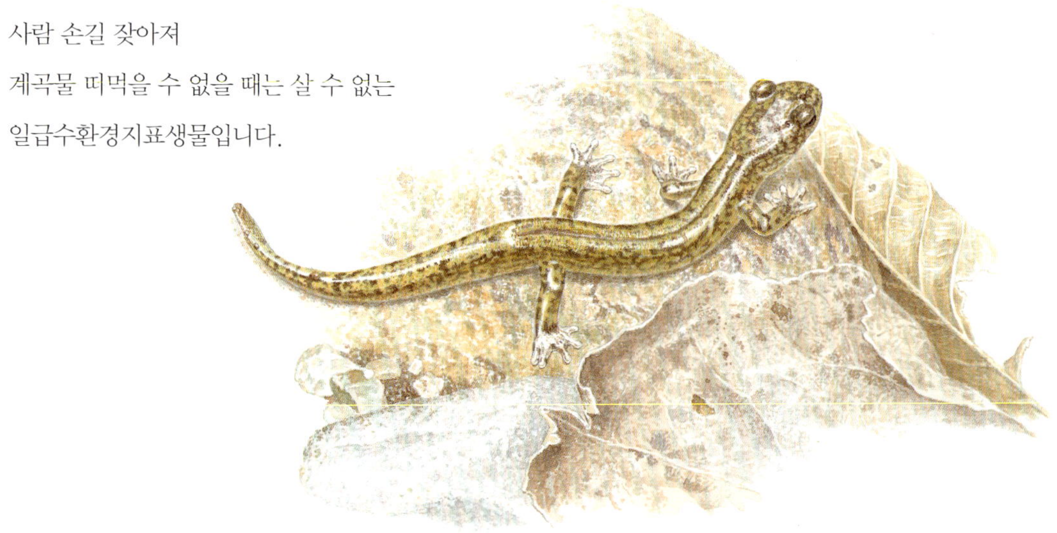

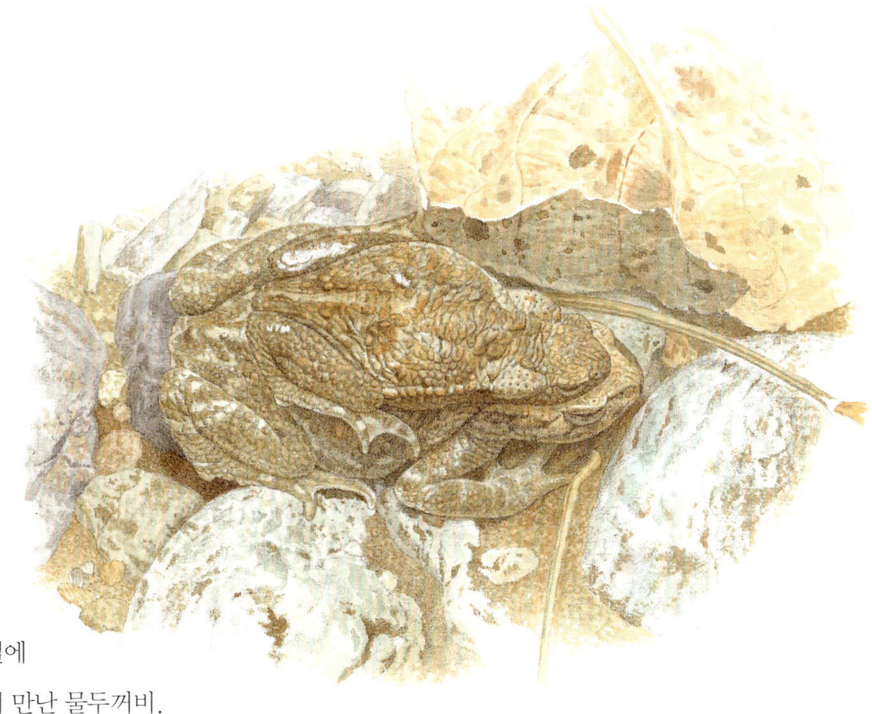

물두꺼비

산양 흔적을 찾아

설악산에 올랐다 내려오는 길에

숲이 우거진 맑은 계곡물에서 만난 물두꺼비.

우리나라 특산종인 물두꺼비는

백두대간 깊은 골짜기를 타고

맑은 물에서만 삽니다.

이듬해 봄날에

많은 자손 퍼뜨리려고

겨우내 수컷이 암컷을 부둥켜안고

겨울잠을 잡니다.

우리나라와 만주 지방에서 사는 물두꺼비는 우리나라 특산종으로 한 번에 천 개 안팎으로 알을 낳습니다. 알을 낳을 때는 빠른 물살에
떠내려가지 않게 돌에 말면서 낳거나, 모래와 섞으면서 낳는다고 합니다.

댕기물떼새

위이 입
위이 입

찬바람 불면 우리 땅 습지를 찾아와
가늘게 울며 다니는 댕기물떼새.

색동옷 차려입고
댕기머리 나풀대며 다니던
옛 우리 아이처럼
맑고 초롱초롱합니다.

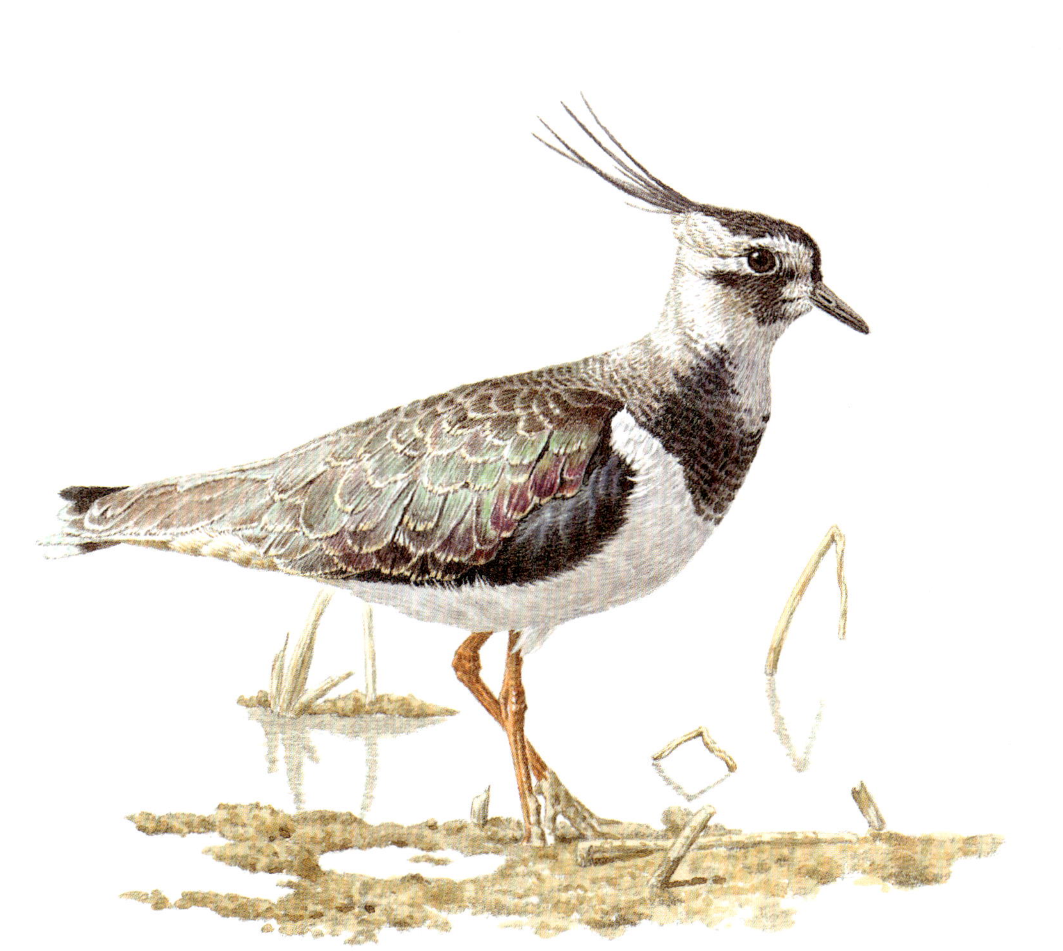

매미 허물

오랜 세월

땅속에서 굼벵이로 살다가

허물만 남기고 날아간 매미.

땅에서 나와

며칠 살다 죽는다고

덧없는 목숨이라고들 말합니다.

하지만 매미는

우리 눈에 보이지 않는

굼벵이가 본래 삶이고

날개를 달고 땅 밖으로 나오는 것은

삶을 다하고

짝짓기를 하려는 것뿐일지도 모릅니다.

매미는 알에서 깨어난 뒤 애벌레로 땅속 생활을 합니다. 매미 종류에 따라서 다르지만 참매미나 말매미는 만 오 년을 땅속에서
애벌레로 산다고 합니다. 미국에는 십칠 년을 땅속에서 애벌레로 사는 매미도 있다고 합니다. 그렇지만 어른 매미가 되면 며칠을 살며
짝짓기를 하고, 알을 낳으면 죽습니다.

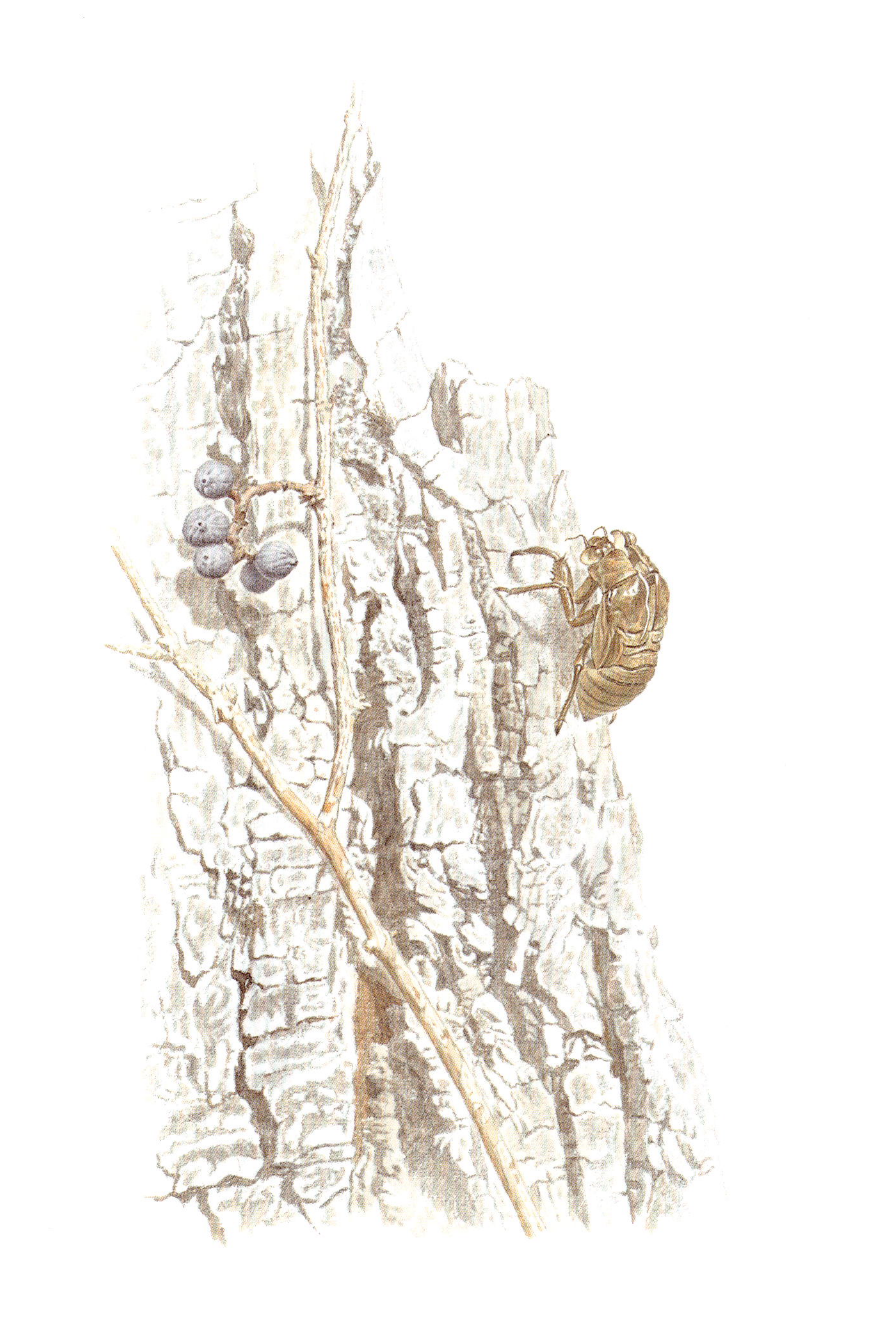

꽃
다
지

방석 모양 이파리로
납작 땅 바닥에 내려앉은 꽃다지.

봄에 흩어진 씨앗이
여름을 지나 가을에 싹이 터
초겨울 볕을 머금고
발갛게 물들어 갑니다.

이른 봄
작은 키, 작은 꽃으로
빈 밭이며 길가를
노랗게 물들일 날 기다립니다.

냉이, 꽃다지, 지칭개, 달맞이꽃과 같은 식물은 뿌리에서 나온 이파리가 땅바닥에 붙어서 겨울을 납니다.
그 모양이 장미를 닮았다고 로제트, 깔고 앉는 방석을 닮았다고 방석 식물이라고 합니다.

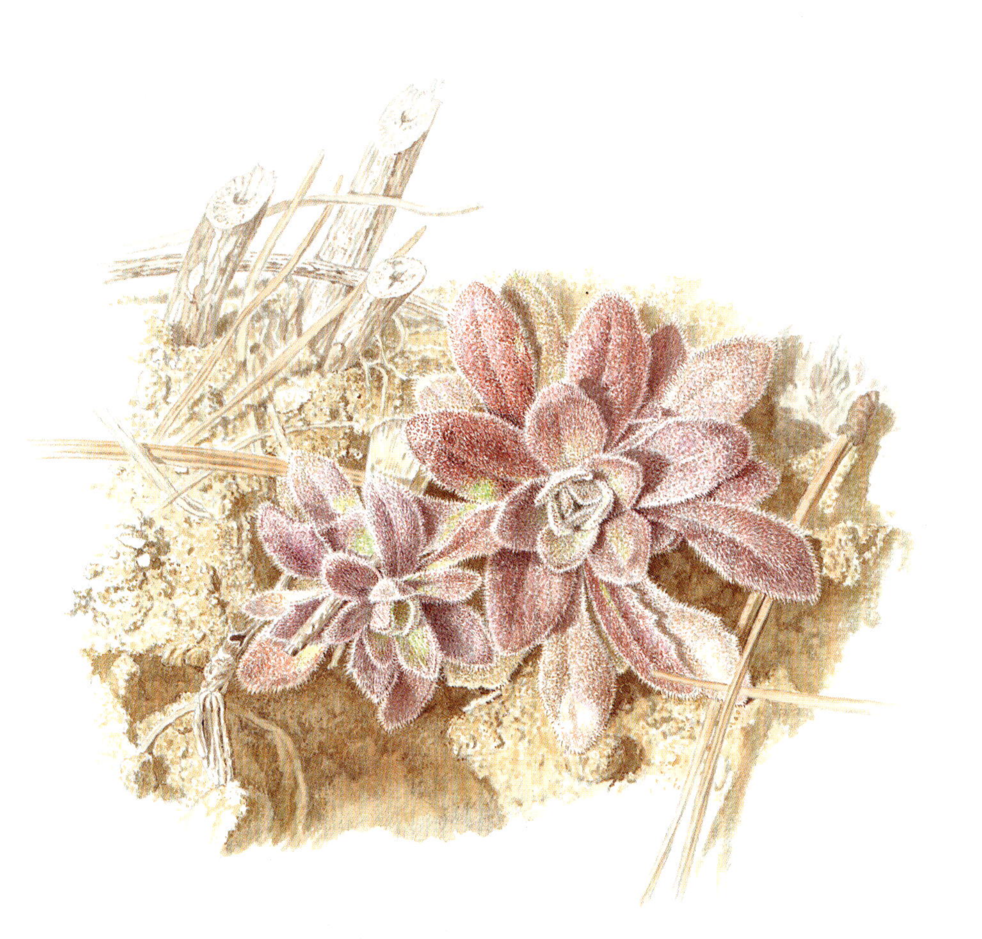

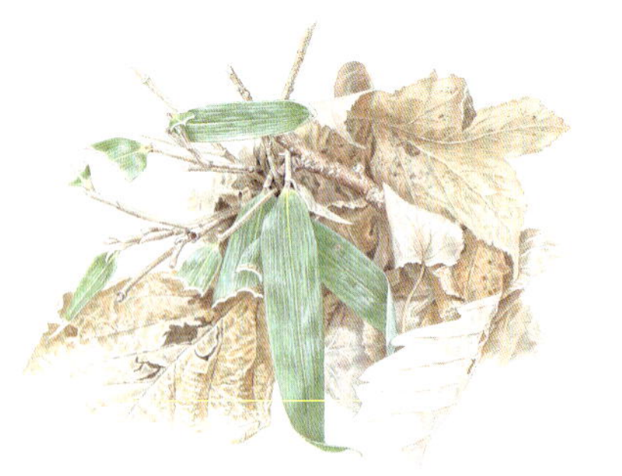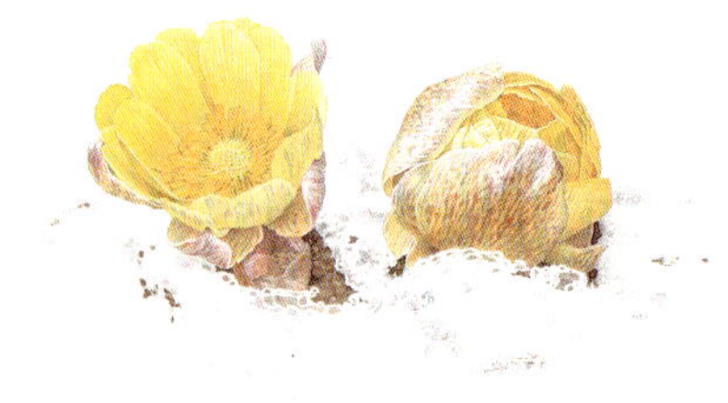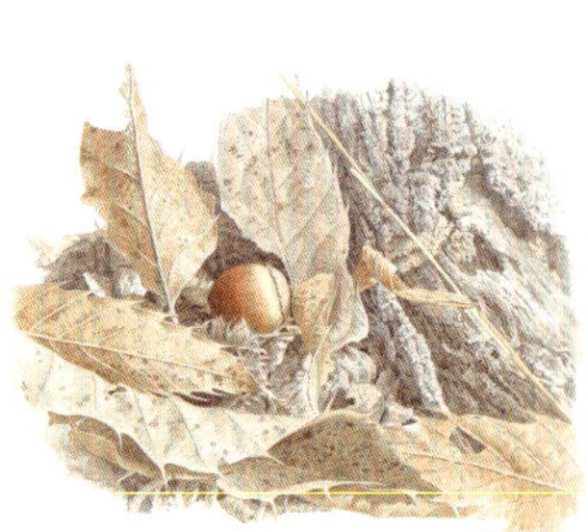

새 생명 숨어 자는 겨울 그리고 봄

바
위
솔

쌀쌀한 날씨에
오래된 기와지붕 위에서 꽃을 피운 바위솔.

어디다 뿌리를 내렸는지 모를 만큼
작게 자리를 잡았습니다.

자연은 축축하면 축축한 대로
딱딱하면 딱딱한 대로
자기가 살 수 있는 자리를 찾아서
어우러져 살아갑니다.

조릿대

대나무 가운데
가장 작은 조릿대.

줄기가 가늘고 낭창거려서
옛 어른들은
조리를 만들어 썼습니다.

응달에서 잘 자라고
추위에 잘 견디는 조릿대 이파리는
겨울철
먹이가 모자라는 산양에게
겨울을 이겨 내는 먹이가 됩니다.

요즘은 벼를 찧을 때 벼에 섞여 있는 돌까지 골라냅니다. 예전에는 밥을 지으려고 쌀을 씻을 때 조릿대로 만든
조리로 조리질을 해서 돌을 골라냈습니다.

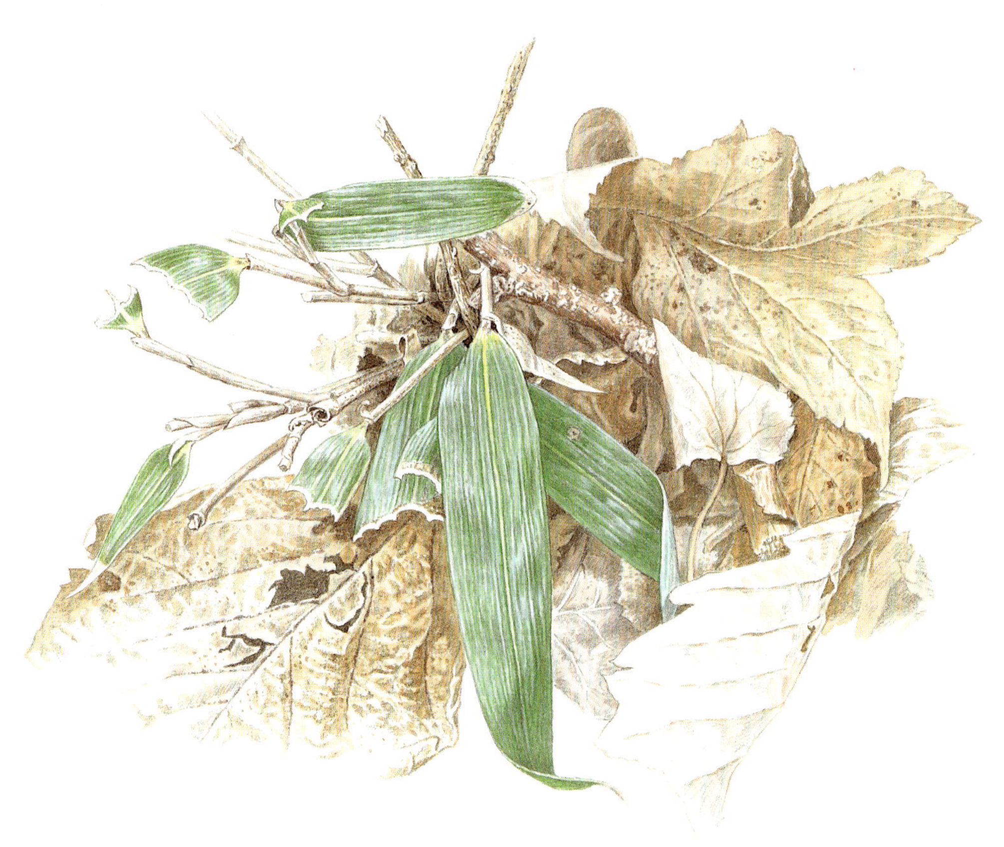

조릿대 이파리에 동글동글하게 끊긴 것이 산양이 뜯어 먹은 이빨 자국입니다.

도
토
리

참나무 열매, 도토리.

다람쥐가 먹고
반달가슴곰이 먹고
때론 벌레 먹어 썩기도 하고
사람은 도토리묵을 만들어 먹습니다.

다 나누어 먹고 남은 도토리는
물을 머금고 볕을 받아
뿌리를 내립니다.

다시 참나무로 자라나
열매 맺을 날 기다리며 겨울을 견딥니다.

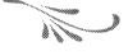

도토리뿐 아니라 산에서 나는 열매는 쥐, 다람쥐, 청설모, 반달가슴곰과 같이 산에서 사는 동물이 먹고 사는 먹이입니다.
사람이 욕심을 가지고 산에서 나는 열매를 따 오거나 마구 주워 오는 것은 산에 사는 동물들 먹이를 빼앗는 일입니다.

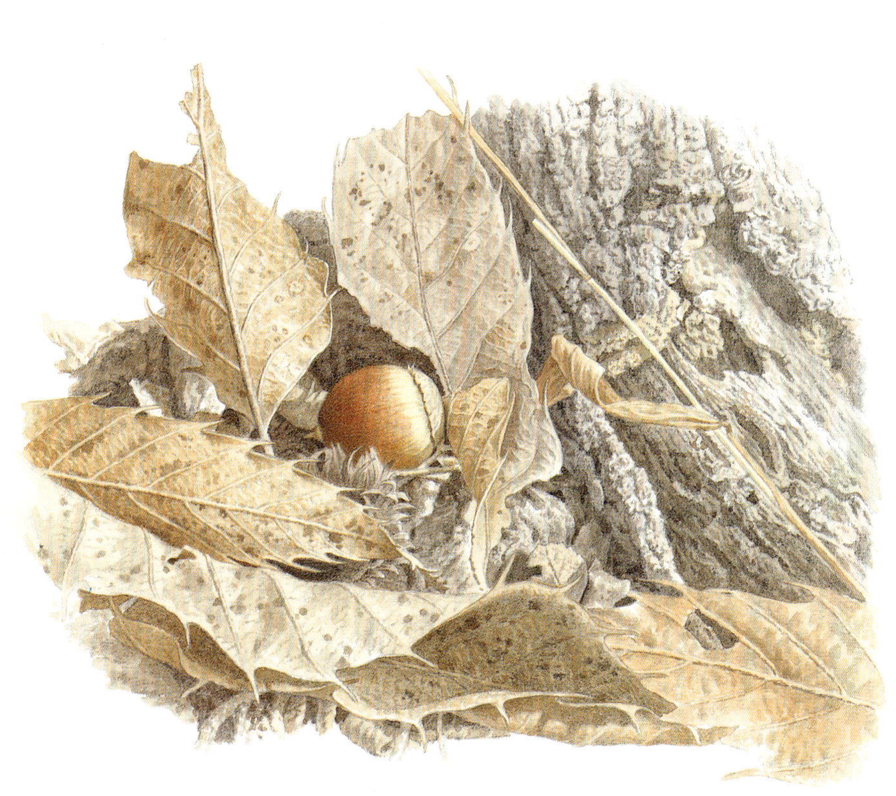

바다거북

꼭 자기가 태어난 바닷가를

다시 찾아가

알을 낳는다는 바다거북.

십장생 가운데 하나인 거북은

상서로운 동물로 여겼습니다.

그래서 집을 지을 때도

거북을 뜻하는 하룡河龍이라는 글귀를

대들보에 적어 넣었다고 합니다.

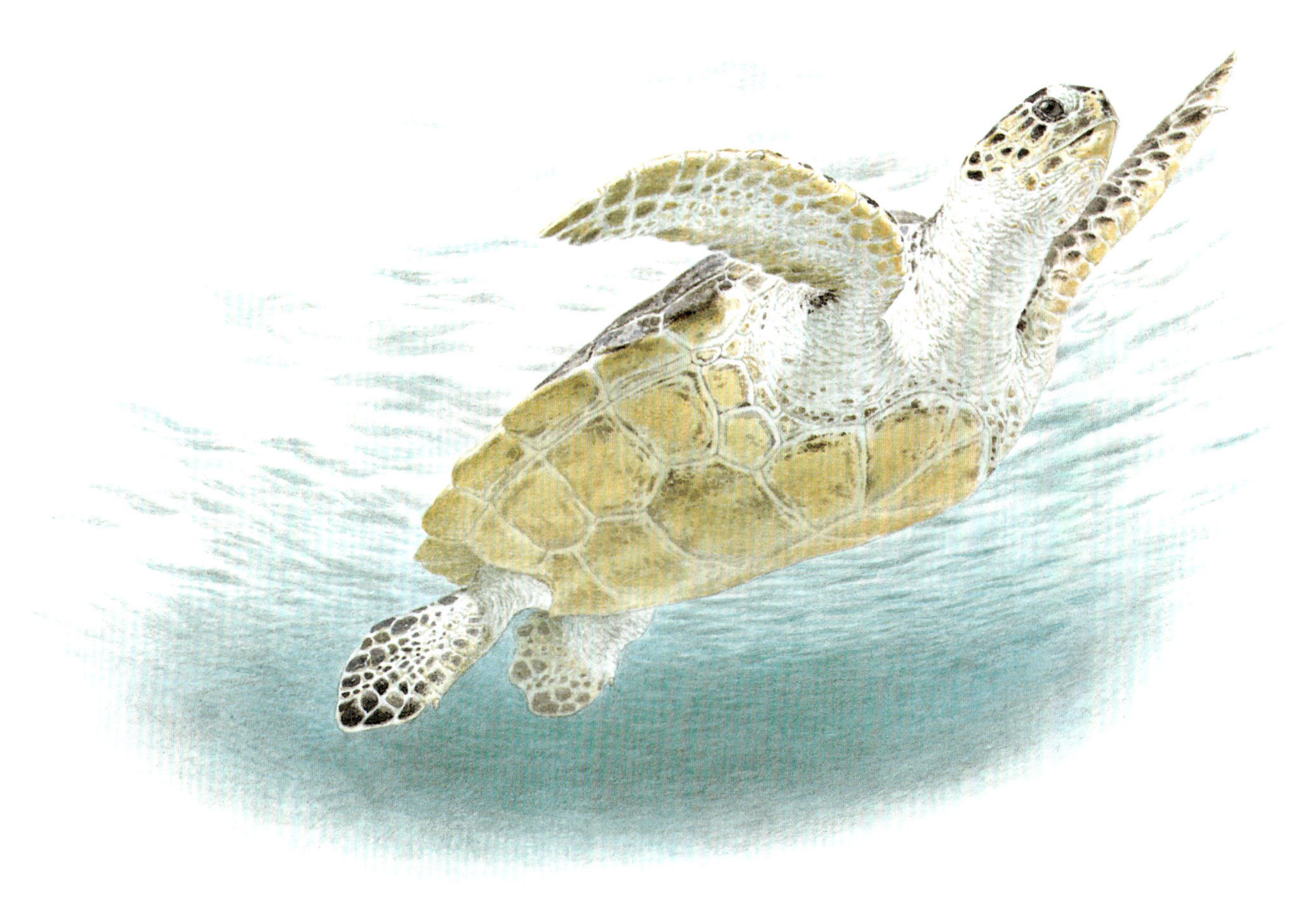

가
창
오
리

겨울이면

우포늪, 주남저수지 하늘을

수만 마리씩 떼 지어 나는 가창오리.

북쪽 멀리서 찾아 온 겨울 손님입니다.

새들처럼 우리도

남쪽 땅, 북쪽 땅 가르지 않고

자유롭게 오가는 세상

되었으면 좋겠습니다.

함께 사는 우리

되었으면 좋겠습니다.

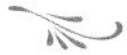

청둥오리, 비오리, 원앙, 고방오리, 쇠오리와 같은 오리 종류는 대개 암컷과 수컷 빛깔이 다릅니다. 암컷은 갈색으로 비슷하지만 수컷은 화려한 빛깔을 띠며 또렷하게 구별됩니다. 가창오리도 머리에 태극 문양을 한 것이 수컷입니다.

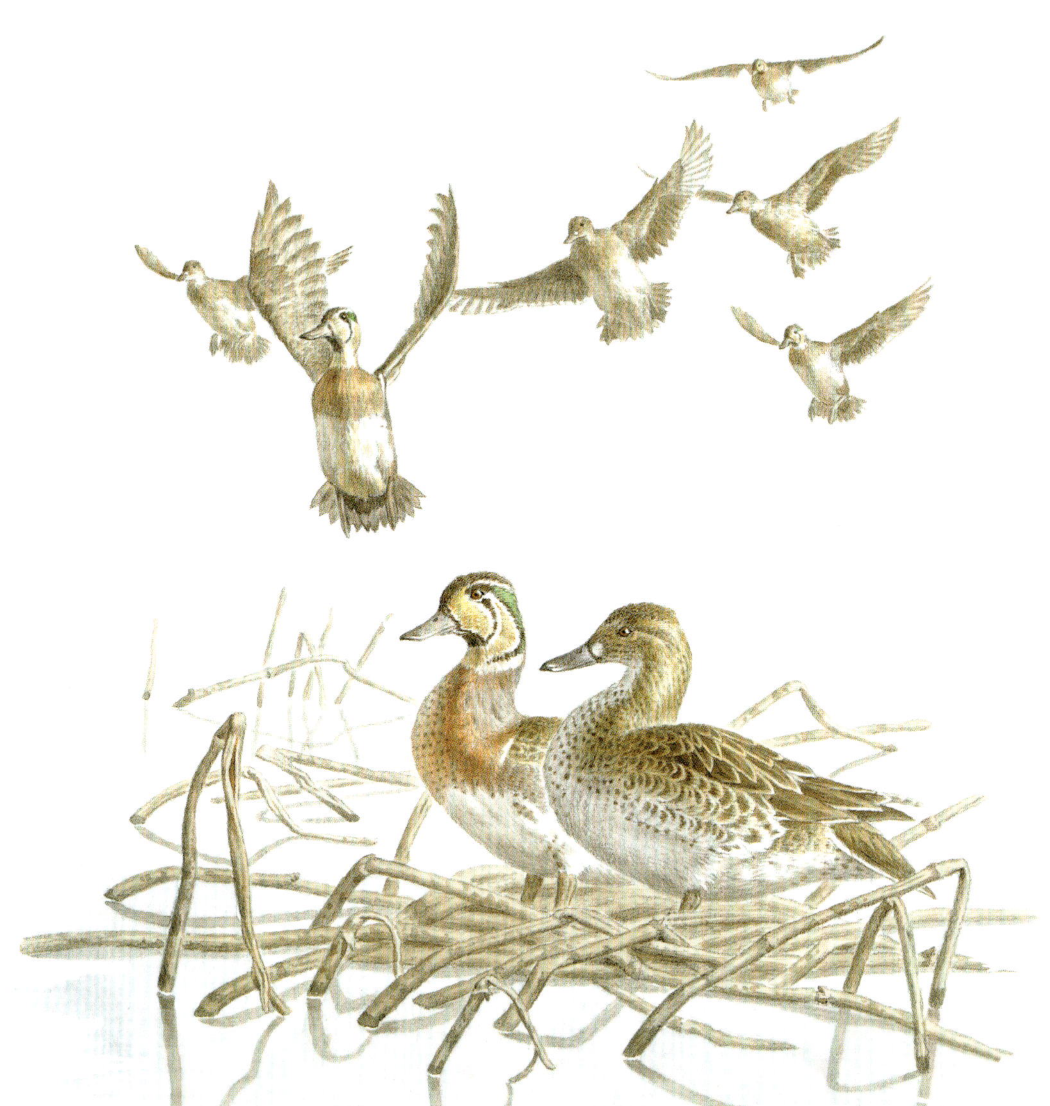

발
자
국

한 해 한 해 살아가면서
이런 발자국 저런 발자국을 남깁니다.

모래 위에 난 발자국같이
지워질 수 있으면 좋으련만
부끄러운 발자국
지울 수 없어
후회하고 후회합니다.

하지만
다시 돌아오는 내일이 있기에
참새처럼 조잘대는 아이가 되어
새롭게 살아갑니다.

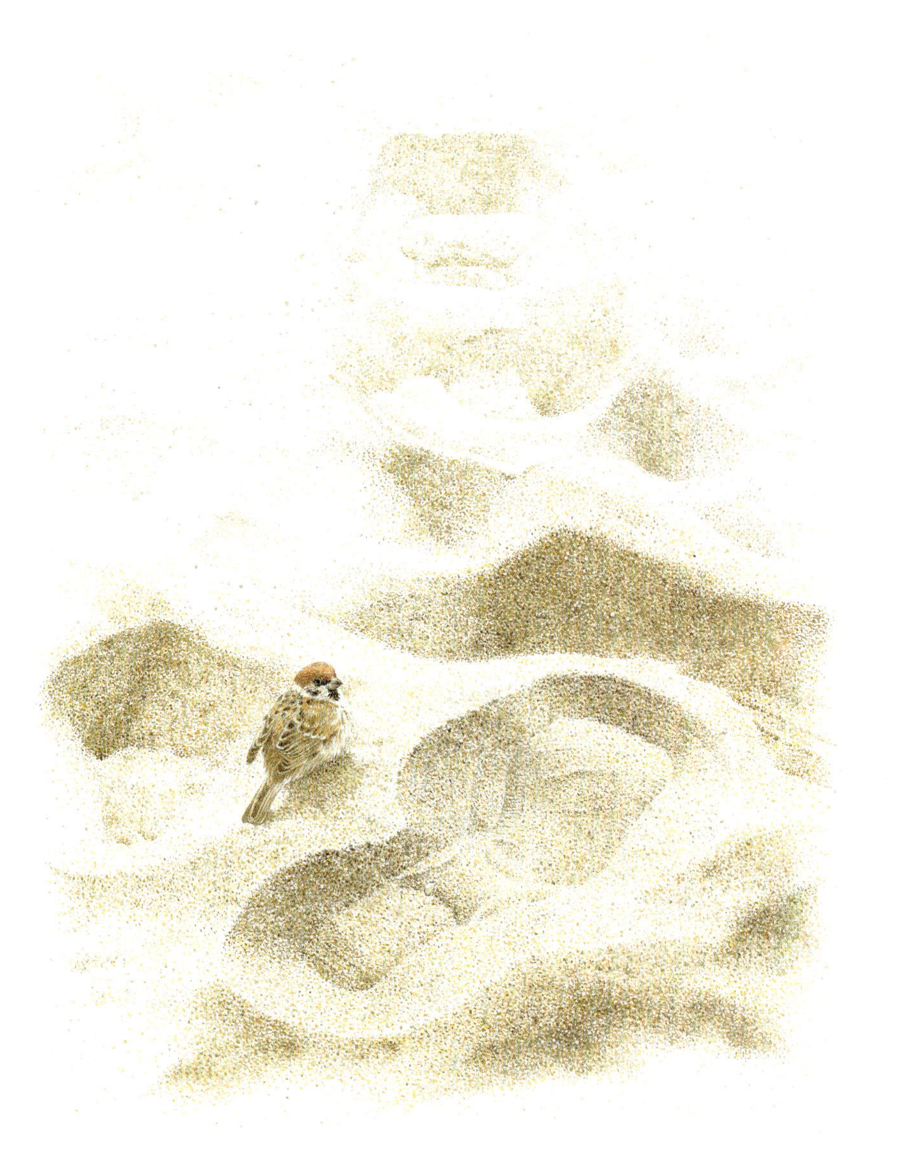

비
오
리

물속 깊이 들어가
물고기 따위를 잡아먹는
겨울철새, 비오리.

동강에서는 일 년 내내 삽니다.

물이 맑고
물 흐름이 빨라서
겨울에도 잘 얼지 않는 동강은
비오리, 수달, 논병아리, 어름치…….
수많은 생명을 품고
흐르고 또 흐릅니다.

동강은 급하게 구불거리는 깊고 좁은 골짜기와 '뼝대'라고 하는 석회암 벼랑으로 잘 알려져 있습니다. 또 텃새처럼 되어 버린 비오리,
어름치, 수달, 하늘다람쥐와 같은 동물과 자생하는 향나무, 동강에서만 볼 수 있는 동강할미꽃과 같이 다른 곳에서는 볼 수 없는 수많은
동식물이 살고 있습니다. 생태보존지역으로 지정하고 보호한다지만, 일부러 사람이 손을 대는 일은 하지 말아야겠습니다.

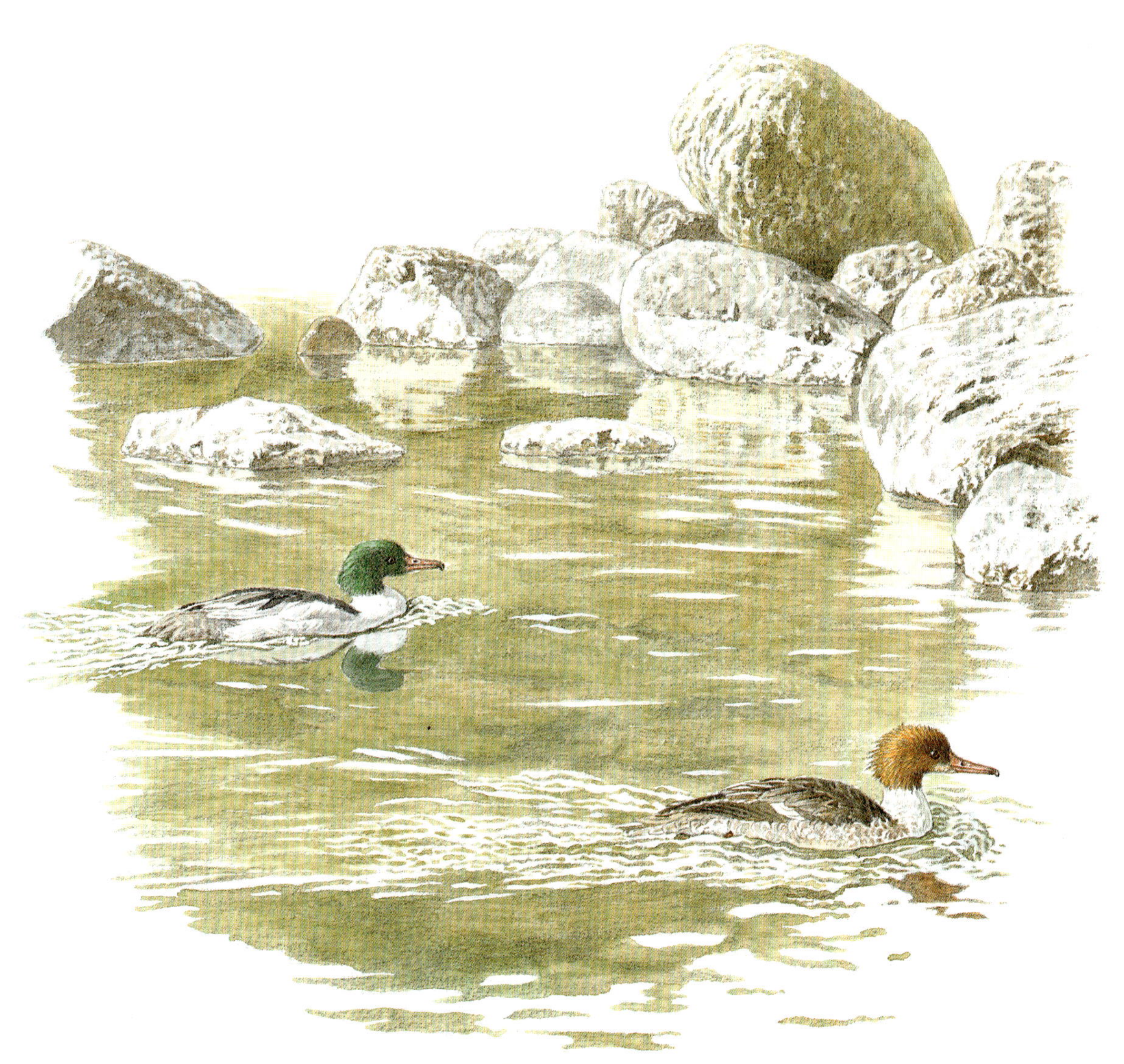

피뿔고둥

흔히 소라라고 하며
즐겨 먹는 피뿔고둥.

우리는 봄, 여름, 가을, 겨울 할 것 없이
바다가 주는 먹을거리를 먹으며
바닷물에 몸을 담고
멀리서 시작되는 파도를 보며
마음 설레기도 합니다.

하지만 우리는
바다에 몹쓸 것을 버리면서
시름시름 앓는 바다를
모른 척합니다.

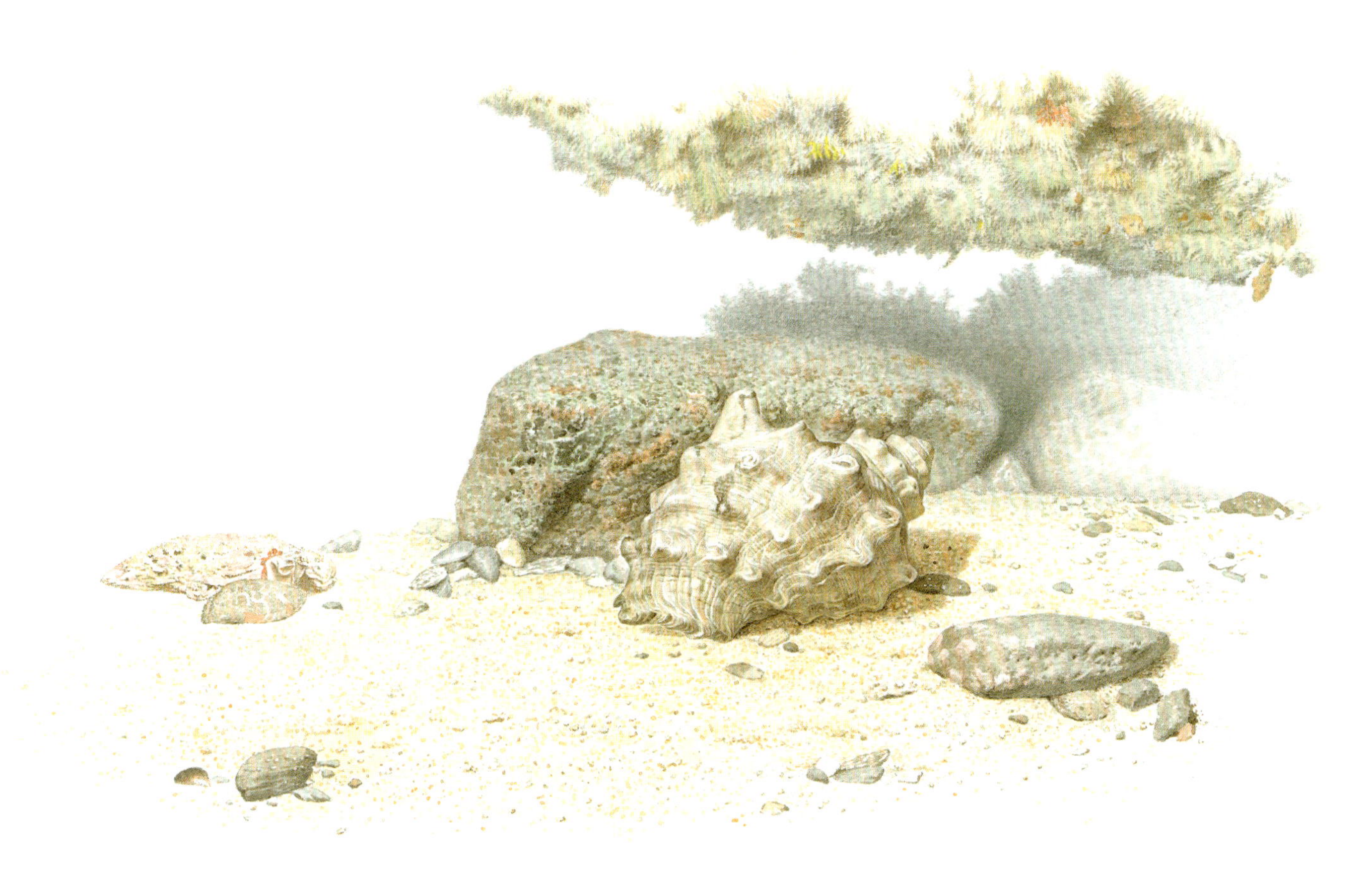

쑥
새

겨울이면
우리 곁을 찾아오는 쑥새.

눈 덮인 들에서
잰 몸놀림으로
풀씨를 찾아 먹습니다.

우리 삶도
몸으로 부지런히 일하면
배고프지 않고
서로 배 부르려고 다투지 않는
삶이었으면 좋겠습니다.

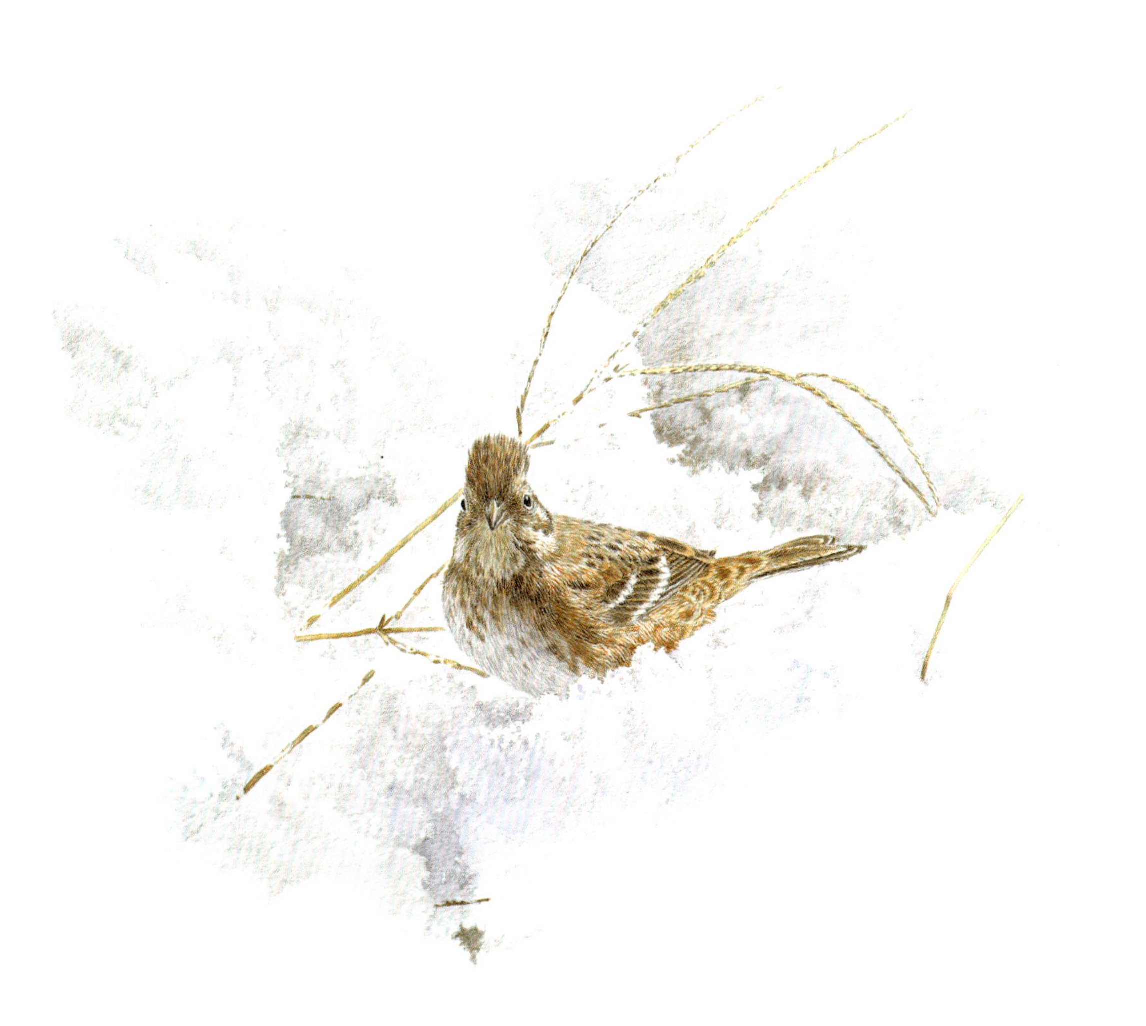

도롱이벌레

우리 어른들은 비가 오면
볏짚으로 도롱이를 만들어 입었습니다.

집을 지을 때도
돌이 많으면 돌로
흙이 좋으면 흙으로
나무가 많으면 나무로 집을 지었습니다.

집 모양이 도롱이를 닮은 도롱이벌레.
자기 삶터에서 가장 흔한
나뭇가지, 나뭇잎으로 집을 짓고 겨울을 납니다.

집이 무너지면 다시 흙으로 돌아가
쓰레기를 남기지 않습니다.

우리 어릴 적만 해도 비가 오면 머리엔 밀짚모자를 쓰고, 어깨부터 엉덩이까지는 볏짚으로 엮은 도롱이를 입고 농사일을 했습니다.
집을 지을 때도 사는 곳에서 가장 흔하고 좋은 나무, 돌, 흙을 썼습니다. 지붕도 짚, 억새, 너와, 굴피 따위를 써서 흙으로 다시
돌아갈 수 있었습니다.

유리산누에나방

겨울 나뭇가지 끝에
고운 집고치을 지은
유리산누에나방.

사람은 똑같이
네모난 집을 짓고 살지만
벌레나 짐승은 저마다
제 몸에 맞는 집을 짓고 삽니다.

다른 집, 다른 생각이
함께 어울려 나누는 세상
욕심 버린 세상으로 여겨집니다.

큰
기
러
기

겨울 하늘을 줄지어 나는 큰기러기.

겨울이면 어김없이 찾아 왔다가

봄이 오면 다시

둥지 틀 곳으로 먼 길을 떠납니다.

제 몸으로 걷고

제 몸으로만 먹고

제 몸으로만 나는 기러기는

먹고 먹어야만

기나긴 날갯짓을 할 수 있습니다.

우리나라 겨울철새는 시베리아 같은 북쪽에서 번식을 하고 우리나라 일본 같은 곳에서 겨울을 납니다. 봄에 다시 북쪽 번식지로
날아가려면 많은 힘을 쌓아야 합니다. 먹이 활동을 하는 철새들에게 방해가 되는 일은 하지 말아야겠습니다.

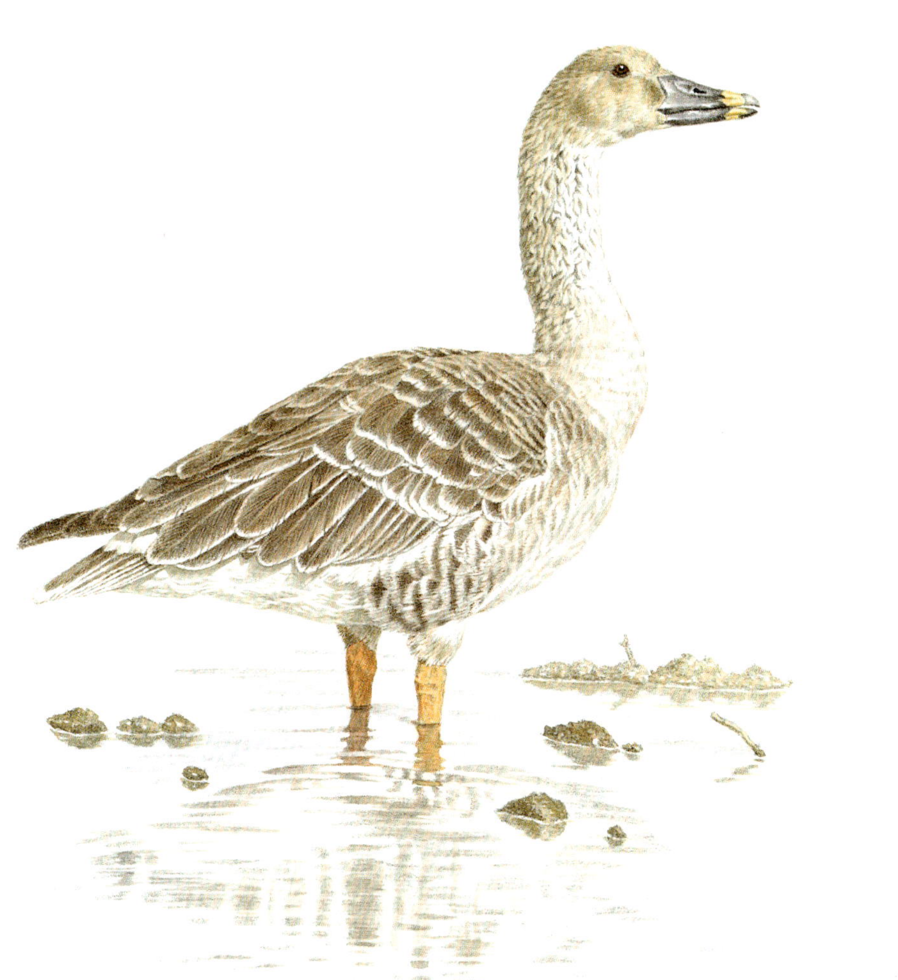

복
수
초

백양사 들어서는 길목에

자연을 아끼며 사는 시인이

사람 발길에 다칠세라

몰래몰래 감춰 둔 복수초.福壽草

겨울 추위 채 가시기에 앞서

쌓인 눈 헤집고 나와 꽃을 피워서

얼음새꽃이라고도 한다는 복수초.

겨우내 언 땅 녹이며 솟아올라

잠자는 봄을 깨웁니다.

산에 오르다 보면 풀을 캐 간 자리나, 사진을 찍는다고 마구 짓밟아 놓은 것을 봅니다. 심지어는 멋진 사진을 찍는다고
나뭇가지를 꺾어 놓고 버린 나뭇가지를 봅니다. 아름다운 풀 한 포기, 아름다운 꽃은 그 자리에 어울려 있을 때 가장 아름답습니다.

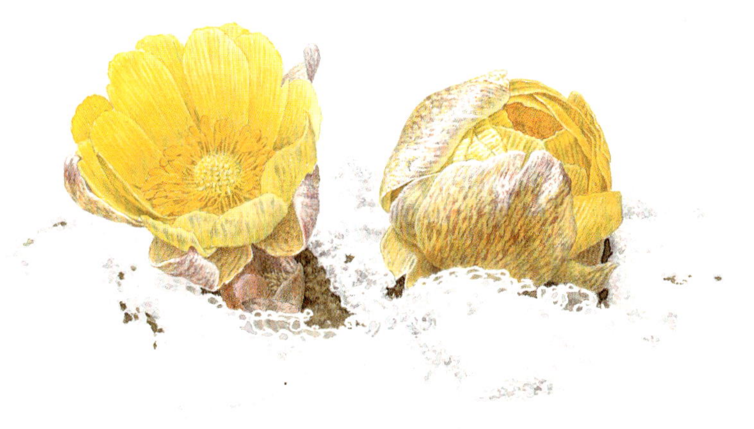

왜
가
리

여름철에 흔히 볼 수 있는 왜가리.

겨울에도 우리 곁을 떠나지 않고
추운 겨울을 같이 보냈습니다.

날씨가 많이 푸근해 졌다지만
추위 때문일까요!
먹잇감이 모자라 힘을 아끼려는 걸까요!

긴 목 움츠리고
망토를 두른 듯 서 있는 모습이
왝왝거리며 활기차 보이던 여름과는
사뭇 달라 보입니다.

백로나 왜가리는 여름 철새로 알려져 있습니다. 여름철에 논. 늪. 저수지나 물가에서 흔히 볼 수 있습니다.
때로는 양어장 물고기를 잡아먹어서 미움을 사기도 합니다. 요즘은 겨울에도 남쪽 늪이나 물가에서 흔히 볼 수 있습니다.

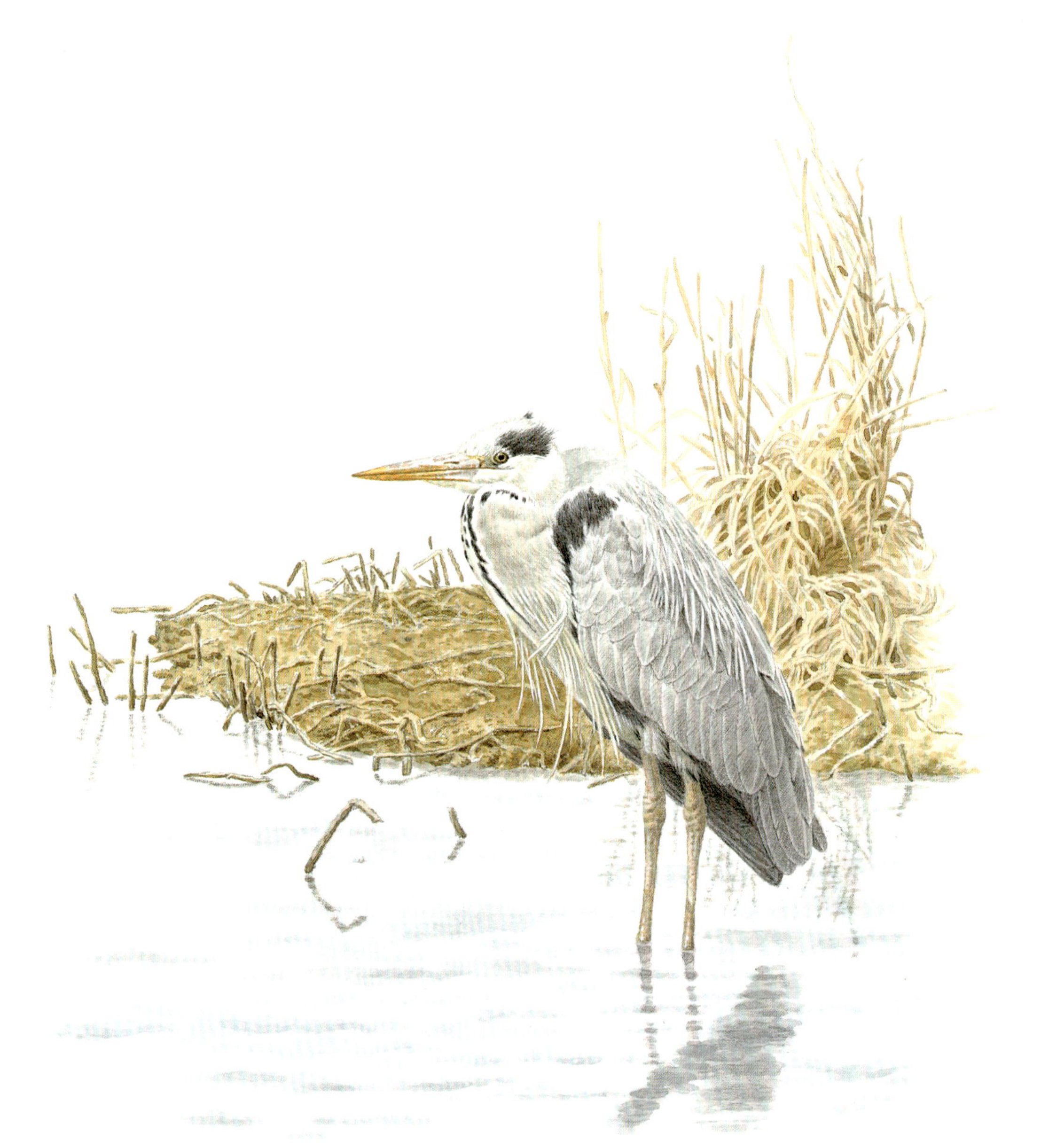

노
루
귀

이파리 돋는 모양이

노루 귀를 닮은 노루귀.

눈을 헤치고 꽃이 핀다고 해서

파설초破雪草라 부르는 노루귀.

여리디여린 몸으로 언 땅을 뚫고

이파리보다 먼저 꽃을 피워

찬바람 밀어 내며 봄기운을 알립니다.

노루귀는 이파리보다 먼저 꽃이 핍니다. 이파리 뒷면에 솜털이 보송보송한 노루귀 이파리가 오므리고 돋을 때 노루 귀를 닮았습니다.

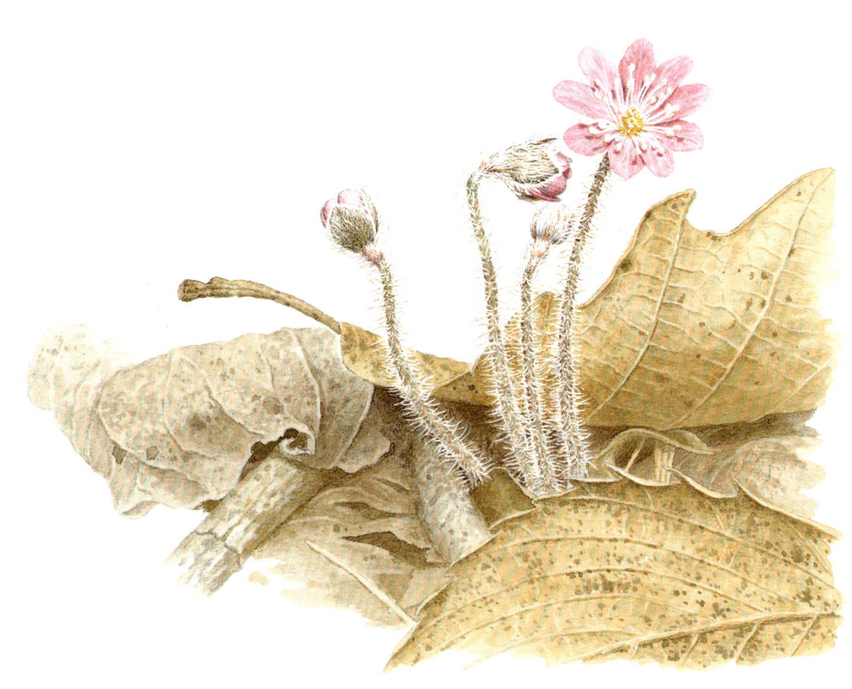

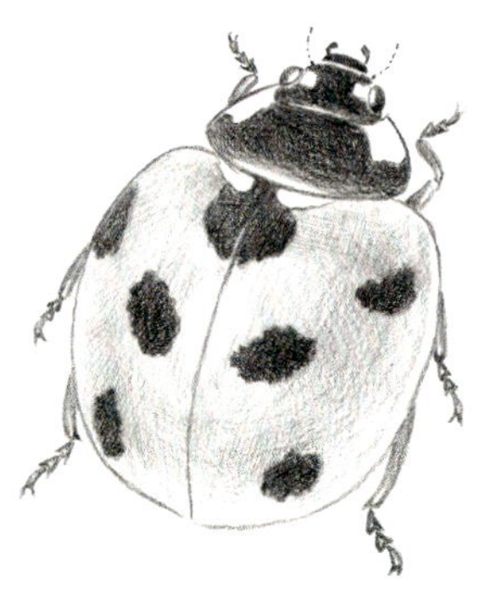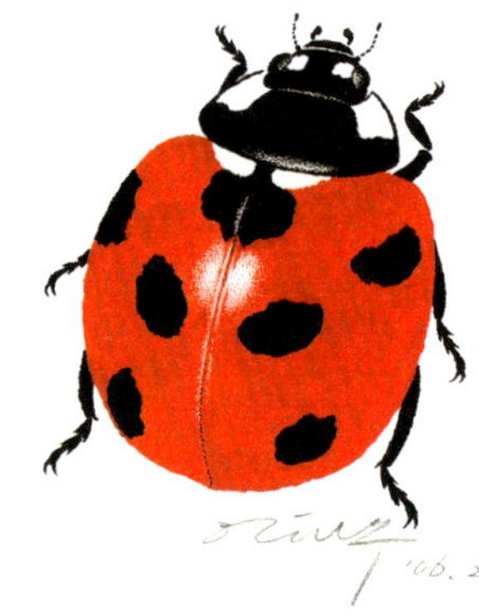

왼쪽은 밑그림. 오른쪽은 채색 그림.

자연 그림을 이용해 아이와 함께 손수건을 만들어 보세요!

준비물 : 연필. 지우개. 종이. 손수건 크기의 천. 작은 붓. 염색 물감. (빨강. 검정)

1. 연필로 밑그림 그리기

채색하기에 앞서 사물의 특징이나 그림 크기, 어떤 자리에 그림을 그릴 것인가를 생각하면서 종이에 밑그림을 그린다. 곤충인 무당벌레는 머리, 가슴, 배로 나뉜다. 다리 여섯 개는 가슴에 붙어 있다. 더듬이가 있고 경사진 곳도 잘 기어오를 수 있는 날카로운 발톱이 있다는 점을 생각하면서 밑그림을 그린다.

※ 밑그림 그리기

1. 머리, 가슴, 배(겉날개) 순서로 크기 비율에 맞추어 그린다.
2. 머리에 눈과 입, 더듬이를 그린다.
3. 다리를 그릴 때 가슴에 붙어 있게 그린다.
4. 곤충 다리도 사람같이 허벅지, 종아리, 발, 발톱이 있다.
5. 움직이는 다리가 되려면 마디를 잘 살려서 그려야 한다.
6. 발톱은 날카롭게 그린다.
7. 밑그림 위에 천을 얹었을 때 밑그림이 천 위로 비칠 수 있도록 진하게 그린다.

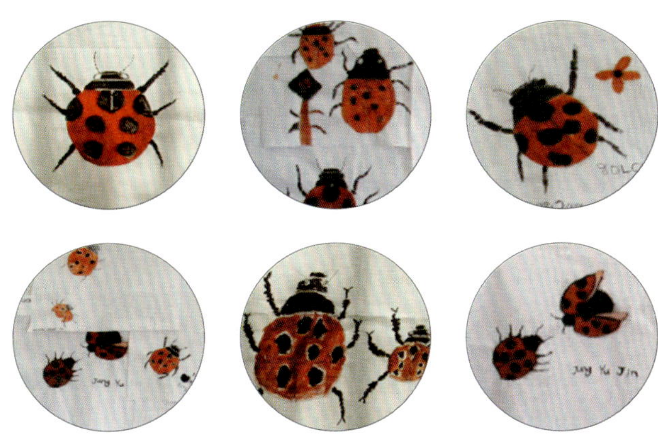

아이들이 천에 그린 무당벌레들

손수건에 그린 황조롱이

2. 밑그림을 손수건 천에 옮겨 그리기

1) 밑그림 위에 천을 올려놓고 비치는 대로 연필로 흐리게 그린다.
2) 이때 라이트박스(Light Box) 위에 놓고 그리면 더욱 선명하게 보인다.
3) 천이 움직이면 밑그림과 달라지기 때문에 천을 움직이지 않도록
   팽팽하게 당기고 옮겨 그린다.
4) 밑그림을 천에 옮겨 그릴 때는 무당벌레가 어떤 자리에 있어야 가장
   보기 좋은지 생각해서 그린다.

3. 채색하기

1) 염색 물감은 한 번 묻으면 잘 지워지지 않기 때문에 조심하여 쓴다.
2) 겉날개 빨강색부터 먼저 채색한다. 이때 검은 점은 남겨 두는 것이
   좋다. 빨강색이 마르기 전에 검정 물감으로 채색하면 검정색이 천에
   번진다.
3) 검정색으로 머리, 가슴, 다리, 검은 점 순서대로 그린다.
4) 물감에 따라 다르지만 채색이 둔하게 될 때는 물을 타고 천에 물감이
   번질 때는 물감을 더 타서 그린다.

4. 말리기

1) 통풍이 잘 되는 곳에 말린 뒤 손수건 위에 친을 대고 다림질을 한 번
   하면 색이 오래간다.
2) 손수건으로 써도 좋고 기념으로 액자나 책상 유리 밑에 넣어 둔다.

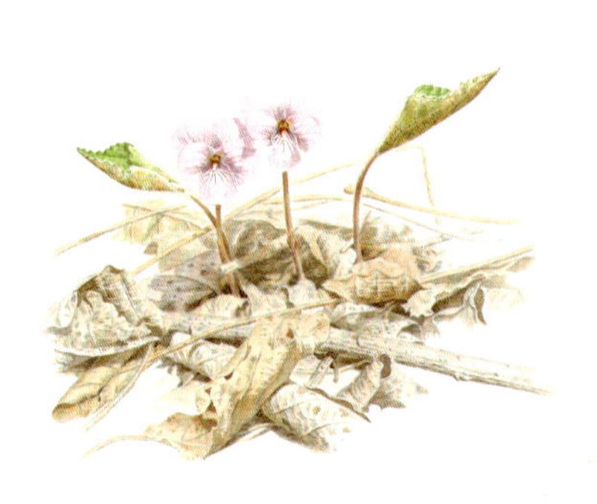